殺人ライセンス

今野 敏

角川文庫
21567

目次

殺人ライセンス　5

解説　西上心太　371

1

「なんだ、これ……」

キュウは思わずつぶやいていた。

モニターに現れたのは、おどろおどろしいロゴだ。真っ黒なバックに深紅の文字。「殺人ライセンス」と書かれている。どうやら、オンラインゲームのようだ。

CGIを使っているようだから、これはリアルタイムのオンラインゲームだ。詳しい説明書はない。誰でも参加できると書いてある。

「殺人依頼書」というフォーマットには、殺してほしい人の名前、住所、年齢、職業、性別などの項目がある。

その下には、「殺人請け負い」というフォーマットがあり、そこには、ハンドルネームとメールアドレスを書き込む欄や、特技を書き込む箇所がある。

キュウは、その日も深夜までパソコンの前にいた。目がしょぼしょぼして、頭の芯《しん》がずしんと重い。

それでも、モニターを見つめていた。これまで、いくつものオンラインゲームを見てきたが、これは明らかに異常だった。

どうやってそのページにやってきたかは、自分でもよくわからなかった。ネットサーフィンをやっており、リンクをたどったり、広告のバナーをクリックしたり、そしてまた、その先にあるリンクをたどったり……。

そんなことをしているうちに、ネットの迷路に迷い込んでいた。本当に森の中で迷ったようなものだ。そんな気がしてくる。モニターの向こうには、気の遠くなるほどの広く複雑な世界が広がっている。

何時間もそんなことを続けているうちにたどりついたのが、このページだった。

キュウの本名は、永友久《ながとも》。ヒサシと読む。学校の友達などは、いつしかキュウと呼びはじめた。今では、その名前で通っており、ハンドルネームにも使っている。

キュウは、高校二年生で自宅近くの公立高校に通っている。痩《や》せていて、眼鏡をかけている。見るからにひ弱そうで、いじめの対象になりそうなものだが、コンピュータに関する知識のおかげでそれを免れていた。こと、パソコン関係ではクラスでも一目置かれている。

中学生の頃からパソコンにはまり、今ではたいていのことでは困らない。親がケーブルテレビを契約したので、二十四時間つなぎっぱなしのネット環境を手に入れた。

学校から帰ると、すぐにパソコンを立ち上げる。メールチェックから始まり、おもむろにネットの世界に分け入っていく。馴染《なじ》みのホームページを回り、掲示板に書き込み、チャットをし、そして、新たな探検に出る。

部屋を出るのは、夕食のときくらいだ。パソコンの環境設定やメンテナンスをしたり、トラブルを解消したり、ネットサーフィンをしたりしていると、あっという間に時間が過ぎていく。

別に引きこもりをしているという自覚はなかった。部屋にいて不自由することはない。トイレと食事と風呂《ふろ》。部屋を出る必要があるのはそれくらいのものだ。

親とはたいした話はしない。だが、会話を拒否しているわけでも、親と話をするのが嫌なわけでもない。ただ面倒なだけだ。話題を探してまで会話をする気にはなれない。

父親からパソコンのことを尋ねられれば、いくらでも説明する。だが、それ以外の話はしない。父親は、典型的なサラリーマンだ。今のところリストラの心配もなく、まあまあ人並みの稼ぎを得ている。父親の一番の楽しみは、ナイター中継を見ながらビールを飲むことだ。

キュウは野球などに興味はない。お互いの楽しみを邪魔しない。それだけのことだ。

部屋にはテレビもあるが、滅多《めった》につけない。

テレビよりも刺激的で、テレビよりも深い世界がパソコンの中にある。

「やばいよなあ、これ……」

「殺人ライセンス」のページを見つめて、キュウは再びつぶやいた。一人きりの部屋で、突然そういうページに出くわすと、生理的な恐怖を感じる。

そのページの裏に、何人もの人々の悪意を感じてたじろぐのだ。ネット世界での独特の感覚だ。

ネット上では、感情が増幅される。キュウはいつもそう感じる。会話では、語り口でニュアンスを和らげることができるが、書き込みの文字では、直接的に伝わってしまうからだ。

相手の悪意は倍加する。それで、ネット上の掲示板などでは喧嘩《けんか》が絶えないのだ。真っ黒なバックに、深紅で書かれた「殺人」という文字には、たしかに悪意を感じる。だが、その悪意が魅惑的であることも否定できない。

好奇心をおおいに刺激された。

「殺人依頼書」は必ずしも書き込まなくてもゲームに参加できるようだ。キュウは、さっそくハンドルネームを「殺人請け負い」の欄に書き込んだ。そして、特技の欄に、あれこれ迷った末にプロレスと書き込んだ。ゲームなのだから、別に本当のことを書く必要はない。メールアドレスも書き込まねばならないが、ネットゲームでは珍しいことではない。管理上の手続きみたいなものだと、キュウは思っていた。

スタートというボタンをクリックすると、ゲームの開始画面になった。

「今日のターゲット」と表示され、ヤスジという名が記されている。

どうやら、ターゲットは、ゲームの主催者から提示されるようだ。

ヤスジのプロフィールが並んでいる。

アパートで一人暮らしの二十八歳の男性だ。職業は公務員。ストーカーらしい。身長は百七十センチ、体重は七十五キロ。やや小太りだ。趣味、AV鑑賞とある。

何が鑑賞だよ、とキュウは思った。AVは鑑賞するものじゃない。あれは実用だ。

まず、第一の関門は接近だ。

「相手を呼び出す」「自分が相手に近づく」その二つの項目がある。

「相手を呼び出す」場合、どんな手段を使うのか、選択肢が分かれている。「公衆電話を使う」「携帯電話を使う」「手紙を出す」「eメールを使う」「メッセンジャーを使う」以上の項目がある。

「自分が相手に近づく」場合は、「通勤・通学途中に近づく」「職場・学校で近づく」「自宅に侵入する」という項目がある。

相手と接触した場所が、殺人の現場ということになる。

次は、凶器だ。

「素手」「包丁」「ナイフ」「金属バット」「ゴルフクラブ」「紐《ひも》」「ネクタイ」「ロープ」「青酸カリ」「砒素《ひそ》」「サリン」「高所から突き落とす」「自動車」「電車」以上の中から一つが選択できる。

設定が面倒くさいな。

キュウは感じた。だが、それだけに緻密《ちみつ》なゲームなのかもしれない。

キュウは適当に「自分が相手に近づく」を選択し、その中で「通勤・通学途中に近づく」を選択した。

そして「電車」を選択した。

通勤のときに、ホームに突き落として電車に轢《ひ》かせるというわけだ。

画面中央にメッセージが現れる。

「接触の時刻を指定してください」

二十四時間の選択肢がある。朝の八時を選択した。

「目撃者が多数います。どうしますか？」

「強行する」と「出直す」のどちらかを選択することになっている。

キュウはためしに「強行する」を選択した。

次にメッセージが現れた。

「あなたは、現行犯逮捕されました。ゲームオーバーです」

なるほどね。

キュウは思った。最初の画面に戻り、今度は少しばかり慎重に考えた。

「相手を呼び出す」を選択し、「メッセンジャーを使う」を選択する。

そして、凶器には金属バットを選択した。

時刻指定のメッセージが現れる。午前二時を指定した。

「メッセンジャーの属性を指定してください」というメッセージが現れる。そして、

「自分の配偶者」「自分の友人」「自分の恋人」「相手の配偶者」「相手の友人」「相手の恋人」「金で雇った」「その他」という選択肢が現れた。

キュウは「金で雇った」を選択した。

「相手との接触の方法を指定してください」

というメッセージ。

「話をする」「いきなり攻撃する」「背後から襲う」の選択肢。

「いきなり攻撃する」を選択する。

しばらく画面が動かない。フリーズしたかと思った次の瞬間、次のメッセージが表示された。

「あなたは、メッセンジャーの密告により、逮捕されました。ゲームオーバーです」

「なんだ、こりゃあ……」

キュウは思わず声に出してつぶやいていた。結局、殺人など成功しないのではないだろうか。突破しなければならない関門が多すぎる。おそらく、次から次へとメッセージが表示されるのだろう。いったい、どれくらいの関門をクリアすれば、殺人が成功するのか見当もつかない。

きっと、何か隠れアイテムとか、秘密の設定もあるに違いない。ゲームというのはそういうものだ。

キュウは、それに気づかなかった。注意深く画面の中のすべての文字やロゴ、マーク、ボタンなどをチェックすれば、見つけられるかもしれない。

だが、試してみる気はなかった。もう夜も遅いし、キュウは、すでにばかばかしい気分になっていた。

好奇心に駆られて覗《のぞ》いてみたものの、すぐにゲームオーバーでは面白くない。

だが、一応そのページを「お気に入り」に登録しておいた。行き当たりばったりで見つけたページだ。登録しておかないと、今度また見つけられるという保証はない。

キュウは、伸びをすると、ブラウザを閉じて、パソコンの電源を落とした。

風呂入って、寝よう。

部屋を出て、洗面所に向かった。

＊

高田《たかだ》祥子《しょうこ》は、目を覚ました。

ベッドの上で服を着たままうつぶせになっていた。いつの間にか眠ってしまったらしい。つけっぱなしだったテレビの画面は、砂嵐だった。放送を終了したのだ。

時計を見ると、すでに夜中の三時を過ぎている。寝起きのぼんやりとした憂鬱《ゆううつ》の中にいた。

何をするのも面倒くさい。このまま、また眠ってしまいたいが、なんだか悪夢を見たあとのような嫌な気分で、寝たら本当に悪夢を見そうだった。

まだ風呂《ふろ》にも入っていない。

風呂にも入らずに、明日《あした》学校に行くなんてまっぴらだ。なんとかシャワーだけでも浴びよう。そう思うのだが、体が動こうとしない。

とにかく、テレビを消さなくちゃ。見回したけれど、リモコンが見当たらない。ベッドは壁際にあり、テレビは向かい側の壁際の棚の上にあった。ベッドから降りなければ手が届かない。

高田祥子は、のろのろと起き上がり、伸びをしてからベッドを降りた。眠り込む前に何をしていたかよく覚えていない。

どうせテレビでも見ていたのだろう。

そういえば、深夜のニュースで、今夜は獅子《しし》座《ざ》流星群が都内でも見られるだろうと言っていたのを思い出した。

ベッドから降りるときに、脚に何か固いものが触れた。テレビのリモコンだった。祥子は、溜《た》め息をついてそれを手に取り、テレビの電源を切ろうとした。

そのとき、シャーッというノイズに混じって、何か声が聞こえた。

祥子は眉《まゆ》をひそめた。

放送が終了して、画面には何も映っていない。なのに、何か声がする。こんなことってあるのだろうか？

禍々《まがまが》しい声に聞こえた。

何を言っているのかよくわからない。祥子は立ち尽くしていた。日本語のように聞こえる。

背中に悪寒が走る。

何よ、これ……。

声は何かを繰り返しているようだ。何を言っているのかわからないが、たしかに人の声だ。

祥子は知らず知らずのうちに手を口に当てていた。何も映っていない画面をじっと見つめる。画面は相変わらずの砂嵐だ。

突然、ふつりと声は止んだ。

背中から首筋、後頭部にかけて、ぞわぞわと恐怖が這《は》い上がってくる。見てはいけないものを見てしまった。聞いてはいけないものを聞いてしまった。

祥子はそう感じていた。

何なの、これ。

心の中でそう繰り返しているだけだ。脳髄がしびれてしまったようで、思考は停止している。

部屋を飛び出して、家族の誰かに助けを求めたい。だが、家族はぐっすり寝ている。

祥子は、テレビの電源を切るとベッドに飛び込んだ。蒲団《ふとん》をすっぽりかぶってしまった。

小さな頃、暗闇が怖くて、こうして蒲団に潜り込んでいたのを思い出した。

あたし、きっと夢を見てるんだ。今に目が覚めて、これは夢だったとほっとするんだ。

そんなことを思ってみたが、気休めにはならなかった。蒲団をかぶってしまったら、今度はそこから出られなくなってしまった。

蒲団の外に何か得体の知れないものがいるような気がした。祥子はそのまま、明るくなるのを待つことにした。

すっかり眠気が覚めている。親のいる部屋に行きたかった。だが、そんな子供じみた真似をするのは嫌だった。

我慢するしかない。もうじき明るくなるはずだ。あと、二時間ほどの辛抱だ。祥子はじっと恐怖に耐えた。

＊

「あら、早いわね」

リビングルームに顔を出すと、母親が言った。「朝ご飯、食べるの？」

「いらない。それよりね、お母さん……」

「何よ、赤い眼して……。また夜更かし？」

「聞いてよ。昨夜、テレビから変な声が聞こえたの」

「テレビから変な声？　変な声ならしょっちゅう聞こえてるわよ」

「そうじゃなくて、放送が終わってからなのよ」

「放送が終わってから声が聞こえるはずないじゃない」

「だ、か、ら。変でしょう。気味が悪くって……」

「寝ぼけてたんじゃないの」

「寝ぼけてなんかいなかったよ。ほんと、怖くて眠れなかったんだから……」

そこに、父親が起きてきた。寝ぼけ眼の冴《さ》えない顔。

母親が父に言う。

「朝っぱらから、祥子が変なことを言うんですよ」

「変なこと？」

「放送が終わったテレビから、変な声が聞こえた、なんて……」

「変な声？　どんな声だ？」

「よくわかんないよ。でも、何かを繰り返していたみたい」

父は、あくびをしながら言った。

「宇宙人の声かな？」

本気にしていない。

「もういい」

祥子は、着替えて学校に行くことにした。

＊

友達に話しても、やっぱり本気にされないのだろうか。そんなことを思いながら登校し、クラスにやってくると、仲のいい相沢麻理《あいざわまり》が眉をひそめて、二人のクラスメートと何やら話し込んでいる。

祥子はおはようと言って、その会話の輪に入った。

クラスメートの加奈《かな》が言った。

「ちょっと、祥子。麻理がね。気味の悪いこと言うんだよ」

「なんだよ。気味の悪いことって」

麻理が祥子を見た。

すっと形のいい眉。二重の大きな目。色が白くていかにも柔らかそうな肌をしている。女の祥子から見ても麻理は魅力的だ。

それに引き替え、あたしは……。いつも祥子はそう思う。鼻は低いし、唇もぽってりしている。ちょっと太り気味かもしれない。どうせなら、麻理みたいに生まれたかった。

麻理がきれいな眉をひそめて言う。

「昨夜なんだけどさ、うっかりテレビつけっぱなしでうたた寝してたんだよ。獅子座流星群、見えないかななんて思って、夜中まで起きてたんだ」

あ、と祥子は思った。

「あたしも、そうだったんだ」

祥子は、夢中で言った。「それで、放送、もう終わってて、そしたら……」

麻理が目を丸くした。

「祥子も、聞いたの？　あの声」

「じゃあ、麻理も……」

ちびの加奈が声を上げた。

「やだあ、ちょっと、やめてよ」

色の黒い由加里《ゆかり》が、興味深げに尋ねた。由加里はちょっとばかりオカルト趣味がある。

「気持ち悪い声だった？」

麻理が言った。祥子は何度もうなずいた。

「そう。何かを繰り返しているみたいだった」

由加里が真剣な顔で言う。

「何かを訴えているようだった？」

「そう言われれば」

麻理が言う。「そんな感じだったかも」

由加里は、もっともらしくうなずいた。

「それ、霊界からの声だよ」

「やだ、やめてよ」

ちびの加奈はさっきから同じことばかり繰り返している。

麻理が真面目な顔で尋ねた。

「霊界からの声？」

「そう」

由加里が再びうなずいた。「あたし、聞いたことがある。ドイツだかどこだかの学者が、ラジオのノイズを録音していて、変な声をキャッチしたんだって。それが、たしかに死んだ人のメッセージだったんだよ。それを、ローマ法王も認めたって話……」

「それ、本当のこと？」

麻理が尋ねる。

「本当のことだよ。調べれば、詳しいこと、わかるよ」

「じゃあ……」

祥子は言った。「あたしたち、霊界からの声を聞いたってわけ？」

「霊界からの声？」

後ろで男子の声がして、祥子は振り返った。同じクラスの永友久が立っていた。キュウと呼ばれている。

積極的に女の子に声をかけるようなやつじゃない。でも、何かチャンスを見つけて、麻理たちと話をしたがる。キュウは、麻理のことが好きなのだ。祥子はそう思っていた。

でも、告白するほどの度胸がないのだ。麻理に思いを寄せている男の子は少なくない。その中には、サッカー部の選手や、バスケの選手もいる。キュウは明らかに分が悪い。

麻理は、下々の謁見《えっけん》を許した女王のようにキュウに返事をした。

「夜中にテレビから聞こえてきたんだよ」

「ふうん」

キュウは言った。「それよりさ。俺、変なゲーム見つけたんだ。ネット上のオンラインゲームなんだけど、ゲーム上で殺人をやるんだ」

こいつ、気を引きたがってる。

祥子は思った。でも、失敗だ。麻理はゲームの話なんか聞きたがっていない。昨夜のテレビからの気味の悪い声のことが気になって仕方がないのだ。

「あんたね」

由加里が言った。「ネットとか詳しいんなら、調べてみな。放送が終わったあとのテレビとか、チューニングの合ってないラジオから霊界の声が聞こえてくるって話、知ってるやつ必ずいるから」

キュウは、ちょっと決まり悪そうな顔になった。ハズしたことを自覚したらしい。

「ああ」

キュウは言った。「その類《たぐい》のBBSとか、当たってやってもいいぜ」

「知りたいんだよ」

麻理が言った。「調べてよ」

この一言は絶大な効果があった。キュウは、とたんに張り切りはじめた。

「任せろよ。すぐに調べてやるよ」

始業のチャイムが鳴った。

みんな、だらだらと席に着く。やがて、担任がやってきて、ホームルームが始まる。

祥子は、ほっとしていた。あの声を聞いたのはあたしだけではなかった。

しかも、同じ体験をしたのが、お気に入りの麻理だった。

キュウは、麻理のためにきっと夢中で調べるだろう。少しだけ気が楽になっていた。

2

中年のリストラ。

新聞や週刊誌でその言葉を何度も見てきた。だが、どこか他人事《ひとごと》のように感じていた。

相沢優一《ゆういち》が、自動車メーカーに入社したのは、二十年以上も前のことで、その頃は入社さえすれば定年までの人生は保証されていた。まさか、四十五歳の今になって会社都合で辞めさせられるとは思ってもいなかった。

相沢優一は、ディーラーの営業課長だった。たしかに、出世は早いほうではなかったが、これといった落ち度があるとは思えなかった。

だが、時代が悪かった。

本社が大規模なリストラを敢行した。工場が次々と閉鎖され、ディーラーの店舗は統廃合された。

そんな中で生き残れる管理職は、ただ単に落ち度がないだけでは不足なのだ。奇抜な発想力とリーダーシップ、そして、実行力が必要だ。

激動の時代に、会社が必要とするのはただ単に与えられた仕事をこなすだけの人間ではない。そして、相沢優一は、どちらかといえば昼行灯《あんどん》だったかもしれない。

若い頃には、翻訳ミステリを読みあさった。大学にはミステリ研究会というものがあり、一年生のときに、一度顔を出したことがあるが、その雰囲気にうんざりした。

相沢は、ミステリの批評をしたいわけでも、蘊蓄《うんちく》を語りたいわけでもない。ただ、浸りたいのだ。探偵や警察官が犯罪者を追いつめていく。その緊迫感が好きだった。そして、個性豊かな探偵たち、警官たちの生き方にうっとりするのだった。

会社に入っても、海外ミステリを読むのが何より好きだった。仕事が暇なときは、会社でも本を読んでいた。営業回りをしているときには、喫茶店で本を読んだ。

東京の片隅にいながら、心はボストンやロサンゼルス、サンフランシスコを駆け回っていたのだ。

リストラといっても、突然首を切られたわけではなく、依願退職を募るという形で声をかけられたのだ。会社都合なので、退職金に多少の上乗せがあったし、失業保険がすぐに支給されるので、当面生活に困ることはなかった。

しかし、まだ四十五歳だ。これから、妻と娘を養っていかなければならない。娘はまだ高校二年生だ。マンションのローンも残っている。

一方で、もう四十五歳だと思い知らされる。なかなか思うような仕事が見つからない。ハローワークに通う日々が続いた。

職安をハローワークなどという名前に変えたのはいったい何者だろうと、来るたびに思った。英語圏の人が聞いたら首をかしげるに違いない。

コンピュータ端末の前で、管理職の仕事を探すが、いずれもかつての収入を大きく下回る。

収穫のないまま、ハローワークをあとにする日々。あるとき、街角で探偵学校という看板を見つけた。心が騒いだ。うらぶれたビルの一室に受付があった。

粗末な一色刷のパンフレットには、六ヶ月の探偵養成コースという文字が書かれていた。もちろん、日本における探偵がどういうものかは心得ている。

浮気調査や身上調査が主な仕事だ。犯罪捜査に関わることなどほとんどない。だが、そのパンフレットには、警備保障会社の例が紹介されていた。一部の警備保障会社には、調査部といったようなセクションを抱えているところがあり、そこでは、ストーカーや脅迫など、警察沙汰《ざた》にならない、あるいは警察沙汰にはしたくないような犯罪の調査を行うのだという。そういう活躍の場もあるという。

病気は病院に、でも腰痛や肩こりは民間療法に、と人は医療と医療類似行為を使い分けている。犯罪捜査もそうだと、そのパンフレットには書かれている。

警察は、きわめて多忙で、日常の小さな犯罪にまで手が回らない。一方、警察が相手にしてくれないような犯罪や犯罪に近い行為で悩んでいる人々はたくさんいる。そのために、これからは探偵が必要だと力説しているのだ。

費用はそれほど高額ではない。今のところ、退職金と失業保険で、充分に家計は潤っている。

心が躍った。探偵になる。忘れかけていた人生の夢にもう一度出会ったような気がした。失われた青春を取り返せるかもしれないとさえ思った。

青春時代を会社に奪われたような気がしていた。会社にはそれなりに尽くしてきたのだ。その結果がこれだ。この先も同じことを繰り返す気にはなれない。

相沢は、三日間考えた末に、妻や娘には内緒で探偵学校に通いはじめた。家族には、仕事を探していると言っておいた。

探偵学校にはいろいろな人々が通ってきていた。うらぶれた中年もいる。大学を卒業したばかりの若者もいる。警備保障会社の研修でやってきている者もいた。六ヶ月はあっという間に過ぎた。探偵としてのひととおりの基礎と心得を学び、相沢は修了証書をもらった。

そこを出て警備保障会社の調査部や、生命保険会社などに紹介してもらう者もいた。だが、相沢はあくまでも一人でやりたかった。

何かつてはないかと考えているうちに、ふと、思い出した。

そうだ。あいつがいる。どうして、今まであいつのことを思い出さなかったのだろう。高校時代の友人で、刑事をやっているやつがいる。卒業して以来、あまり会っていないが、高校時代はそれなりに親しくしていた。

相沢が通っていたのは進学校で、当然、皆大学進学を目指すものと思っていたときに、彼は警察官になると言って、本当に警視庁に入ってしまった。

巡査から勤め上げて、今では、どこかの署で刑事をやってるはずだ。どの程度の立場なのかはわからない。だが、四十五歳ともなれば、それなりの地位にいるのではないかと思った。

彼にアドバイスをしてもらおう。

連絡先は、同窓会名簿を見ればわかる。

相沢が住んでいるのは、東京都三鷹《みたか》市内のマンションだ。３ＬＤＫで、百平米ほど。買った当初は贅沢《ぜいたく》な住まいだと思っていたが、子供が成長するにつれて手狭になってきた。

彼の書斎は、今や娘の麻理に占領されている。相沢の書物は、リビングの隅のコンピュータデスクの脇にある小さな書棚に押し込められている。

好きな本は、段ボールに詰めてクローゼットの隅に積み上げねばならなかった。相沢は、書棚にあるはずの同窓会名簿を探していた。

後ろから妻の容子《ようこ》が声をかけてきた。

「麻理が変なこと、言うんですよ」

相沢は、同窓会名簿を探しながらこたえた。

「何だ？」

「夜中に、テレビから変な声が聞こえたって……」

「ふうん……」

相沢は生返事をする。

「放送が終了して、何も映っていないテレビから声が聞こえたんですって」

「ほう……」

名簿が見つからない。たしかに、この書棚にあったと思ったのだが……。

「ね、ちゃんと聞いてます?」

容子の口調が厳しくなった。

相沢は手を止めて振り返った。

「聞いてるよ。そんなこと、あるはずないじゃないか。何かの間違いだろう」

「あたしだってそう思いますよ。でも、微妙な年頃じゃないですか。いろいろとストレスだってあるでしょう」

「ストレスは誰にだってある」

「突然、父親がリストラにあったら、子供はびっくりしますよ」

うんざりした。こいつは、遠回しに俺を非難しているのだ。

「そのストレスで、麻理がおかしくなったとでも言いたいのか?」

「心配してるんですよ」

「俺だって、娘のことは気に掛けている」

「だったら、話を聞いてやってもいいでしょう？」

相沢は溜《た》め息をついた。

「わかってるだろう。話をしたがらないのは、向こうのほうだ。あいつは、俺を毛嫌いしているんだ。しょうがないんだよ。おまえだって、父親のことが嫌いだった年頃があるだろう？　あいつはそういう年頃なんだよ」

麻理は、このところ、相沢と口をきこうとしない。話しかけても、うるさそうに顔をしかめるだけだ。

小さい頃はかわいかった。生まれたのが女の子でよかったと思ったものだ。だが、中学三年の頃から父親を毛嫌いするようになった。

何があったというわけではない。そういう年頃なのだと、相沢はあきらめていた。

そんな矢先に相沢がリストラにあった。娘は完全に相沢のことを軽蔑《けいべつ》しているようだ。今のところ、生活の苦労をかけているわけではない。だが、たしかに父親が職を失うというのは、不安だろう。

妻の容子も、情けない一家の主《あるじ》を心の中で罵《ののし》っているのかもしれない。はっきりと口には出さないが、態度に表れる。

容子は、大学時代、多くの男子学生の憧《あこが》れだった。たしかに誰もが認める美人だった。色が白く、目がぱっちりとしており、しなやかな体つきをしていた。

容子と結婚したとき、男友達は誰もが羨《うらや》ましいと言った。だが、美人の嫁をもらうこと、結婚生活が幸福なのとはまた別問題だ。娘が成長するにつれて、容子の若い頃の美しさを再現してくれているようで、それはうれしかった。

だが、その娘の麻理は、今では口もきいてくれない。そんな二人に、探偵になるなどということを話すには勇気が必要だ。今はまだ、その覚悟ができていない。

「テレビからの声だかなんだか知らないが、夜更かしするからそういうことになるんじゃないのか？　寝ぼけていたんだろう」

相沢は再び、書棚をあさりはじめた。

「あの子に言ってくださいよ」

「だから、言ってるだろう。あいつは、俺とは口をきこうとしないって」

話が堂々巡りしそうで、相沢はほとほと嫌になった。それを察したのか、容子はそれ以上何も言わずに、台所のほうに行った。

相沢は、舌打ちしていた。

腹立たしくなり、拳《こぶし》で書棚を殴った。その拍子に、書棚の後ろに何かが落ちた。一番下の段の本をすべて取り出してみると、その裏側に同窓会名簿が落ちていた。

取り出した本を元に戻し、ソファに腰掛けて名簿をめくった。

丸谷直也《まるたになおや》というのが、その友人の名前だ。名簿では、勤務先は警視庁となっている。

だが、どこの部署かわからない。最後に会ったときには、どこかの所轄署にいると言っていた気がする。

相沢はまず、自宅に電話をかけてみた。

この番号は現在使われておりませんというメッセージが流れる。

探偵になろうという男がこれくらいでひるんでいてはいけない。相沢は自分にそう言い聞かせて、電話帳で警視庁の電話番号を調べてかけてみた。〇三-三五八一-四三二一。オペレーターが応答したので、名前を名乗り、高校時代の友人で丸谷直也という警察官を探していると告げた。

意外とあっさりと、人事課に電話を回してくれた。丸谷は、目黒《めぐろ》署の刑事課にいるという。親切に目黒署の電話番号まで教えてくれた。

刑事課とはついている。相沢はそう思った。まさに、相談するにはうってつけだ。さっそく目黒署に電話した。丸谷は出かけているということだった。電話番号を告げて、電話をくれるようにと、メッセージを託した。

驚いたことに、五分後に電話が来た。さすがに警察は連絡を取り合うのが早いと感心した。

丸谷は携帯電話からかけているようだった。携帯電話独特の、タイムラグがある。

「電話をくれたそうですが……」

他人行儀な口調だ。

「丸谷か？　俺だ。相沢だ」

「相沢……」

思い出せないらしい。

「高校時代の……」

そこまでいうと、丸谷は「あっ」と声を上げた。

「あの相沢か？　久しぶりだなあ。いつ以来だろう……」

「前の同窓会から会ってないから、五年ほどになるかな……」

「どうしてる？　元気か？」

「それが、リストラにあってな……」

「なんとまあ……」

丸谷は、なんと言っていいかわからない様子だ。相沢は、声を落とした。

「それについて、ちょっと相談があるんだ」

「最初に言っておくが、金ならないぞ」

「金の話じゃない。退職金やら失業保険やらで、今のところはけっこう潤ってるんだ」

「何の話だ？」

「会って話せないか？」

しばらく間があった。忙しいに違いない。やがて、丸谷は言った。

「明日《あした》の夜七時過ぎならなんとかなるだろう」

「すまんな」

丸谷は、新宿《しんじゅく》で待ち合わせようと言った。駅ビルの八階にある喫茶店だ。相沢もその喫茶店は知っていた。相沢はもう一度、すまんな、と言って電話を切った。

＊

喫茶店でテーブルの向かい側に座った丸谷は、くたびれ果てて見えた。目の下にくまができていて、目尻《めじり》にはしわが目立つ。だが、髪が黒々としており、どこかちぐはぐな印象があった。髪を染めているようにも見えない。

浅黒い顔をしているが、健康そうな色ではなかった。青黒いといったほうがいい。

「忙しそうだな」

相沢は言った。

「ああ、なんだかんだとね……。この年になって現場はさすがにきつい」

「刑事課だと言っていたな？」

「強行犯係だ」

「管理職なのか？」

「いや。いまだに主任だ。部長刑事だよ。警部補の試験、受け損なっているうちに、こんな年になっちまった」

警察の階級については詳しくは知らない。ミステリから得た知識によると、部長刑事は下っ端という印象がある。

警察には、現場に残りたいがために昇進試験を受けない者もいるという話をどこかで聞いたことがある。もしかしたら、丸谷もそういうタイプなのかもしれない。

なにしろ、進学校にいながら、大学には目もくれず警察官になってしまった男だ。相沢は、高校時代の丸谷を思い出していた。たしかに、頑固だった。そして、思い立ったことは実行せずにはいられない男だった。

「話というのは、仕事のことでな……」

相沢は切り出した。「会社を辞めてから、探偵学校に通った」

「探偵学校……?」

相沢は、妙に照れくさい気分になった。

「探偵になろうと思う」

丸谷の反応は複雑だった。無言でしばらく相沢を見つめている。それまで、久しぶりの再会を喜ぶなごやかな雰囲気だったのだが、急に空気が凍りついたように感じた。

相沢は沈黙に耐えられず、話しだした。

「これまで会社に人生を奪われていたような気がする。優秀な社員じゃなかったし、それほど熱心に仕事をしていたわけじゃない。でも多くのものを犠牲にしてきたと感じている。四十五歳でリストラにあった。突然のことで驚いたが、これはひょっとしたら、チャンスじゃないかと思いはじめた。これからは、他人のために生きるんじゃなく、自分のために生きてみようと思ったんだ」

丸谷は、疲れた表情で両目の間を揉《も》んだ。

「ちょっと、一杯やらないか。飲みながら話そう」

丸谷は、伝票を持って立ち上がった。相沢は言った。

「あ、俺が払う」

「気にするな。経費で落ちる」

丸谷が向かったのは、小さな居酒屋だった。適度に混み合っている。客の多くはカウンターに座っている。丸谷は、顔馴染《かおなじ》みらしく、店の主人に声をかけると、奥の小上がりに進んだ。小さな座敷の席で、二人はそこを占領する形になった。

生ビールを頼み、丸谷がそれをうまそうに飲んだ。料理の注文は丸谷に任せた。料理をつまみ、ビールを飲みながら、丸谷は、高校時代の友人たちの消息を聞きたがった。

そうだ。まず、こういう話から始めるのが普通なのだと、相沢は思った。自分勝手な物言いを恥じた。

二人とも、高校時代の友人たちのその後については、驚くほど知らなかった。

やがて、丸谷が言った。

「探偵なんて、儲《もう》からないぞ」

「知っている。だが、なんとかやっていきたい」

「まさか、金田一耕助《きんだいちこうすけ》だの明智《あけち》探偵だのに憧《あこが》れているわけじゃないだろうな？」

「ちょっと違うが、まあ、似たようなものかもしれない。俺は海外のミステリが好きだった。アメリカの探偵や警察ものが好きだったんだ」

「犯罪捜査に興味があるのなら、警察官になればよかったんだ。実際、俺はそうした」

「今さらそう言われてもな……。俺はもう四十五歳だ。今から警察官になるわけにはいかない」

「小説の世界で満足していればいい」

「このまま死にたくないんだよ。人生、とっくに折り返しちまった。おまえと違って、このまま人生を終わったら、俺は後悔だけが残りそうな気がする」

「俺が後悔していないとでも思っているのか？」

「警察官になったことを後悔しているのか？」

「後悔しない人生なんてないさ」

苦み走った口調だ。小説の登場人物のようだと相沢は感じた。

「俺の考えは間違っているのだろうか……」

相沢が言うと、丸谷はぐいっとジョッキのビールを飲み干した。

「普通に生きていりゃ見なくて済むことを、いやというほど見てきた。物騒な連中と渡り合うこともある。それが犯罪に関わるということだ」

相沢はうなずいた。

「そうなんだろうな」

「探偵は、捜査の邪魔になることがある。警察を敵に回すこともある」

「そんな大それたことは考えちゃいない。浮気調査でも身上調査でもいいんだ」

「そういう調査が脅迫のネタに使われることもある」

「要するに、おまえは反対なんだな?」

「ほかに生き方がいくらでもある」

「そうかもしれない」

相沢は気落ちして言った。俺は、何を期待して、丸谷に相談したのだろう。「でも、どうせ苦労するのなら、自分が選んだ道で苦労したい」

「おそらく、おまえの想像をはるかに超えた苦労だ」

「なんとかやっていくさ」

丸谷は、溜《た》め息をついた。そのとき、丸谷の携帯電話が鳴った。丸谷は、「ちょっと失礼」と言うと、内ポケットから携帯電話を取り出した。

ほとんど返事をせず、相手の話を聞いていた。電話を切ると、丸谷は言った。

「ちょっと、用事ができた。すまんが、これで失礼する」

顔つきが変わっていた。疲れ果てていた印象が瞬時に消え去った。

「事件か?」

相沢は尋ねた。

「ああ」

丸谷は、財布から千円札を二枚出すとテーブルに置いた。「殺人《コロシ》だ」

「ここくらいは、俺に払わせてくれ」

丸谷は、にっと笑った。喫茶店で会ったときの愛想笑いではない。何かを感じさせる笑いだった。

丸谷は言った。

「探偵からおごられるわけにはいかない。この先いろいろとあるだろうからな。貸し借りは作りたくない。そうだろう」

丸谷は、いそいそと店を出ていった。相沢は、しばらく茫然《ぼうぜん》としていた。ジョッキに手を伸ばす。残りのビールを味わいながら、丸谷の最後の言葉をかみしめていた。

3

登校前の慌ただしい時間にテレビに注目することなどほとんどない。キュウがそのとき、なぜ朝のニュースが気になったのか、自分でも気づかずにいた。

殺人のニュースなどありふれている。よほどの事件でない限り、キュウは殺人事件のニュースなどに興味は示さない。

殺人事件があったのは、目黒区内のアパートだということだ。

被害者の名前は、和田《わだ》康治《やすはる》。アナウンサーはヤスハルと読んでいた。年齢は二十八歳。職業は公務員。

調べによると被害者は、ある女性にストーカー行為を繰り返していたらしく、警察ではその女性と事件との関連を調査している。

アナウンサーは、そんな内容を告げていた。

デジャヴのような気分になった。この事件のことを知っているような不思議な気分だった。

普通なら、誰が殺されようが気になどしない。だが、そのとき、キュウは、妙に和田康治という名前が気になった。まるで、知っている人が殺されたような気分だ。

もちろん、和田康治などという知り合いはいない。二十八歳の公務員などにも知り合いはいなかった。

そのとき、キュウは心の中で、「あっ」と叫んでいた。

康治……。ヤスジとも読める。

ヤスジだ。

「殺人ライセンス」という例のゲームのターゲットになっていたやつだ。

たしか、ヤスジも二十八歳の公務員だった。そして、アパートに一人暮らしだったはずだ。さらに、ストーカー行為……。

これは偶然に過ぎないのだろうか。

キュウは、テレビの画面を見つめつつ、何度も自問していた。

すでに画面は次のニュースを告げている。それでもキュウはテレビを見つめていた。

偶然に決まっている。

ゲームのターゲットが実際に殺されるなんて……。

和田康治は、刃物で刺殺されたという。

キュウの頭に、ゲームの中の凶器の選択肢が浮かんだ。たしかにナイフや包丁という選択肢があった。

これがどういうことなのか理解できなかった。何度考え直してみても、偶然とは思えないほどの一致点がある。

だが、あれは単なるオンラインゲームに過ぎないはずだ。多少は、反社会的な面はあるにしろ、ゲームに過ぎない。

それが現実になるということが、どうしても納得できなかった。真っ黒なバックに深紅の文字。その画面が脳裏によみがえる。

キュウは、身震いしていた。こんなことがあっていいはずがない。とても、現実とは思えない。

誰かに話しても、信じてもらえないだろう。だが、誰かに確認してもらいたかった。自分一人だけが、気づいているという事実に耐えられない。

キュウは自分の部屋に飛び込んだ。パソコンの電源を入れる。OSが立ち上がるのを苛々《いらいら》して待った。

「どうしたの？　学校遅れるでしょう」

母親の声が聞こえる。

学校なんて遅れたっていい。

ようやくOSが立ち上がった。続いてブラウザを立ち上げる。たしか、「お気に入り」にあのゲームのページを登録してあったはずだ。

ゲームのページをコピーしておけば、誰かに確認してもらえる。場合によっては警察に届けることになるかもしれない。

キュウは「お気に入り」の中にページのタイトルを見つけ、クリックした。

しばらく無反応だ。

やがて、「ページが見つかりません」というメッセージが現れた。

キュウはリロードした。だが、結果は同じだった。

ページは消え失《う》せていた。

キュウは、マウスに手を乗せたまま、モニターを見つめ、ただ立ち尽くしていた。

＊

結局キュウは、学校に遅刻した。教室に着いたときにはすでにホームルームが始まっていた。担任が何か注意事項を説明していたが、キュウはかまわず後ろの席のタモツに話しかけた。教室の中はがやがやしている。

「知ってるか？　ストーカーが殺されたって事件？」

タモツは、かったるそうに返事をする。

「何だよ、それ」

「今朝《けさ》、ニュースでやってたんだよ」

「知ってるやつなのか？」

「いや、そうじゃねえよ」

タモツは露骨につまらなそうな顔をした。タモツは、部活で空手をやっている。練習がきついのかいつもかったるそうにしている。空手部なんて今時流行《はや》らないが、タモツはそれがいいのだという。キュウには理解できないが、硬派のタモツと軟弱なキュウはなぜかウマが合う。

「じゃあ、なんでそんな話、すんだよ」

キュウはどう説明していいかわからず、苛立った。

「ゲームだよ」

「ゲーム?」

「そうなんだ。ネットゲームでさ、『殺人ライセンス』ってのがあって、あるターゲットを決めて、そいつを殺す方法を考えるってやつだ。殺されたストーカーは、そのターゲットだったんだ」

「おまえ、何言ってんだよ」

「だからさ、そういうネットゲームがあるんだよ」

タモツは、気味悪そうにキュウを見た。

「いつか、おかしくなると思っていたよ。ネットなんかやりすぎるとな……」

「そうじゃないって。マジなんだよ。俺だってびっくりしたんだ。朝、ニュース見てて……」

「じゃ、俺なんかにしゃべってねえで、警察に届けろよ」

「警察……？」

「そうさ。殺人事件なんだろう？」

「でも……」

「でも、何だよ」

キュウはいまひとつ確信が持てなかった。

たしかにあのゲームは妙だ。ゲームの中でターゲットを決めて殺人の方法を競うというのは、どう考えても尋常じゃない。

最近の若いやつは何をしでかすかわからないと、マスコミや大人の連中は言う。だが、キュウたちは、常識を持ち合わせていないわけではない。いいことと悪いことの区別だってつく。

若いやつらという言葉で一括《くく》りにしてほしくない。ばかなことをする連中はいる。だが、その連中だって、たいていは悪いこととといいこととの区別はつくのだ。彼らは、何かに腹を立て、苛立っている。それだけのことだ。

大人のほうがずっと悪いことをしている。将来に希望を持てない世の中にしてしまったのは、政治家とそれを容認してきた大人たちだ。だから、自分たちだって悪いことをしてもいいのだ。極端な言い方をすれば、そう感じているのだ。

もちろん、キュウはそっちの側には属していない。どちらかというと、自分は保守的で常識的な人間だと思っている。

その常識に照らして、あのゲームは異常だと感じた。ネットの経験が長いキュウでも、見過ごしにできないものを感じ取ったのだ。

しかし、偶然だと言われればそれまでのような気もする。警察は相手にしてくれないかもしれない。

第一、あのウェブページはすでに消え去っていた。管理者が、何かの理由でサーバーからファイルを降ろしてしまったようだ。

ページを消し去った理由は想像がつく。実際に殺人が起きてあのゲームとの関連に気づく人が大勢出ることを恐れたのだろう。キュウはそう思った。

警察に届けて、じゃあ、そのページを見せてみろと言われても、今ではどうしようもない。ページのコピーだけでも取っておけばよかったと思った。

だが、後の祭りだ。

タモツに話したのは、誰かに知ってもらいたかったからだ。別に話したからといって、問題が解決するとは思っていない。問題を一人で受け止めているのが嫌だった。誰かと共有したかった。それだけのことだ。

最初の授業が始まった。これから、長くて退屈な時間が始まる。キュウは、早く帰ってゲームのことを調べてみたかった。

休み時間に、高田祥子と相沢麻理がキュウの席の脇にやってきた。キュウはどきどきした。それをさとられまいと、わざとぶっきらぼうな口調になってしまった。

「なんだよ」

「何かわかった？」

高田祥子が言った。祥子はグラマーだ。制服の胸を持ち上げている豊かなふくらみについ眼が行きそうになる。キュウは眼をそらした。

「何の話だよ」

「テレビの声だよ。調べてくれるって言ったでしょう？」

「ああ……。いくつかの掲示板でカキコしたよ。そのうち、反応があるだろう」

「何よ」

祥子が言った。「任せろ、なんて言ったくせに」

「そんなにすぐにはわからないさ。もうちょっと待ってろよ」

「何よ。口ばっかしね。どうせ、麻理の前でいいかっこ、したかっただけなんでしょう？」

キュウは驚いた。

「どういうことだよ、それ……」

麻理が祥子をつついた。

「やだ、祥子ったら、やめてよ」

麻理は、しかめっ面をした。

少なからず、キュウは傷ついた。

「高田、おまえ、何言ってんだよ」

「さっさと調べてよ。あたしたち、気味が悪くって……」

「だから、そのうち、誰かが書き込みしてくれるから、待ってろよ」

キュウは、そのとき、ふと思った。この二人なら、殺人事件とゲームの話に、タモツよりはましな反応を示すのではないか。

なにしろ、女は殺人事件とかが好きだ。

「あのよ、ストーカーが殺された事件、知ってるか？」

祥子が言った。

「何よ、それ」

麻理が悪くない反応を示した。

「あ、それ今朝のニュースでやってたやつ？」

キュウはうなずいた。

「それそれ。ストーカーやってた公務員が殺されたってやつ」

「警察は、ストーカーされてた女の人を調べているんでしょう？」

「それなんだけどよ」

キュウは言った。「ネットゲームに、『殺人ライセンス』ってのがあってな。それ、あるターゲットを決めて、参加者が殺人の方法を競うっていうゲームなんだ」

「あんた、そんなゲームやってんの？」

祥子が軽蔑《けいべつ》した顔で言った。

「そうじゃねえよ。たまたま見つけたんだ。そのターゲットってのが、女にストーカー行為をやってる二十八歳の公務員だったんだ」

「それがどうしたのよ」

祥子が冷たく言う。

麻理は、祥子とは違い、興味を引かれた様子だった。

「殺された人って、たしか、二十八歳の公務員よね」

キュウはうなずいた。

「ゲームの中では、ヤスジと呼ばれていた。被害者の名前はたしか、康治。健康の康に明治の治だ。これ、ヤスジとも読めるだろう？　偶然だと思うか？」

麻理が言った。

「つまり、ネットゲームの中で行われた殺人が、実際に行われたってこと？」

「そこまではわからない」

キュウは正直に言った。「俺、ゲームやってみたけど、すぐにゲームオーバーになっちまって……。いろいろな制約があって、こちらで選択すると、また新たな条件を加えてきたりする。見かけは簡単だけど、おそらくものすごく複雑な仕組みのゲームなんだと思う」

「どんなゲームなの？　詳しく教えて」

麻理が言った。キュウは関心を示してくれた相手がいたことがうれしくて、夢中で説明を始めた。

一昨日《おととい》の夜のことを思い出しながら、細かく説明した。

祥子は冷淡な表情で、黙って話を聞いている。だが、祥子も少なからず興味を覚えている様子だ。

やがて、チャイムが鳴り、話は中断した。だが、話を聞いてくれた相手がいたことで、キュウはずいぶんと気分が楽になっていた。

「おい」

後ろの席からタモツがそっと声をかけてきた。

「なんだよ」

「うまいこと、女の子の気を引いたじゃないか」

「そんなんじゃないよ。本当に、起こったことを話しただけだ」

「偶然だよ、偶然」

タモツは、そう言い放った。

そうかもしれない。この世には考えられないような偶然がいくつもある。アンビリバボーなどというテレビ番組では、そういう話をよく取り上げている。

だが、キュウにはとても偶然とは思えなかった。

帰ったら、ちょっと調べてみよう。キュウはそう考えていた。まだ、「殺人ライセンス」のURLは残っている。URLを調べれば何かわかるかもしれない。

また、ネットゲームに詳しいネット上の知り合い何人かにメールを打ったり、掲示板に書き込みをしたりして、情報を集めることもできる。

偶然だと言いきるためには、それだけの根拠がなくてはならない。キュウは、早く家に帰ってその作業を始めたかった。

4

会社を辞めてすでに半年も経っている。相沢は早く探偵の仕事を始める目処《めど》を立てなければならないと思っていた。

しかし、迷いはある。もう若くはない。失敗の許されない年齢だ。

退職金や失業保険のおかげで、今のところ生活には困らない。相沢は堅実な性格だったので、そこそこの蓄えもあった。妻も生活を切りつめて、支出を最小限に抑えてくれている。

しかし、収入がなければ、いつかは金は底をつく。

電話が一台あれば、探偵の仕事はできる。当面、自宅を事務所代わりにしてもいいと思っている。最大の問題は、家族に相談しなければならないということだ。

探偵になりたいなどと言いだしたら、妻は仰天するだろう。娘の麻理は、心底愛想を尽かすかもしれない。

最悪の場合、二人して家を出ていくかもしれない。いや、出ていくのは俺のほうか……

…。

探偵がそう儲《もう》かる職業とは思えない。会社勤めをしていたときより、多少収入は落ちたとしても、何か別の会社に勤めるほうがずっと堅実だ。腹をくくらなければならない。それはわかっているが、なにせ話を切りだすきっかけがない。

探偵を始める自信がないことも問題だった。まず興信所に勤め、経験を積んでから独立するというのが一般的のようだ。刑事の経験がある者が、警察を辞めて探偵事務所を開く例もあるらしい。

いずれにしろ、ある程度の経験が必要なのだ。それはわかっている。だが、相沢には時間がない。

社会経験ならば、会社でいやというほど積んでいる。それを活《い》かせば、なんとかやっていけそうな気もする。

何も最初から犯罪捜査に関わろうというのではない。丸谷に言ったように、浮気の調査でも婚約者の身上調査でもいい。数を重ねるうちに調査のコツもつかめてくるだろう。

私立探偵という業界にも、さまざまな民間団体があり、それに所属することによって開業のアドバイスなどをしてもらったり、依頼主を紹介してもらえるらしい。

相沢はすでに六ヶ月の講習によって、ある協会の二級調査士という資格を持っていた。資格といっても民間団体の資格だ。国家資格のようなものではない。

それでも開業には問題はないらしい。

最近では、私立探偵事務所はホームページをおおいに利用しているようだ。メールで相談を受け付けているところもあるらしい。もちろん、正式な依頼は面談をし、契約書を交わす。

メールによる相談というのは、クライアント探しの一つの方法なのだ。

相沢は、自動車会社のディーラーに勤めていたので、コンピュータは扱い慣れている。顧客データはすべてコンピュータで管理していた。

暇なときには、こっそり会社のパソコンでインターネットを楽しんでいた。ホームページを作るための便利なソフトがたくさんあることも知っている。

ホームページを作ってみようかとも思う。ホームページだけではなく、これからは、探偵もネットをどんどん利用しなければならなくなるに違いない。

我が家に一台、ノートパソコンがあるが、それは麻理が占領している。パソコンもずいぶんと安くなった。家計が逼迫《ひっぱく》しないうちに、一台買っておいてもいいかもしれないと、相沢は思った。

仕事に使うのだと言えば、妻もそれほど反対はしないだろう。なんなら、妻と共用ということにしてもいい。ログインを分けて設定しておき、お互いの画面は見ないという約束にしておく。

さらに、大切なデータはハードディスクには残さず、別のディスクに入れて厳重に保管しておけばいい。

あれこれ考えているうちに、相沢は溜《た》め息をついた。とにかく、家族に話をするのが先決だ。

何か後押しがほしい。情けないとは思うが、それが正直な気持ちだった。

相沢は、先日の丸谷の言葉を思い出していた。酒場を去るとき、丸谷が言ったことは、相沢が探偵になることを認めてくれたことを意味していたように思える。

もう一度、その言葉が聞きたい。相沢は、迷惑を承知で、目黒署に電話をした。刑事課の強行犯係につないでもらう。

丸谷さんをお願いしますと言うと、電話の相手は言った。

「えーと。丸谷、こっちじゃないんですよね」

「丸谷さん、強行犯係じゃないんですか?」

「そうですけど、今、捜査本部が立ってましてね。丸谷、そちらに詰めてるんです。待ってください。電話、回しますから」

捜査本部?

そういえば、あのとき、殺人《コロシ》だと言って店を出ていった。その事件の捜査本部が設置されたのだろう。

目黒署管内で、捜査本部ができるような事件……。電話がつながるのを待つ間、相沢は考えていた。

そして、朝刊の社会面の記事を思い出していた。ストーカー行為を働いていた二十八歳の男性が殺された。その事件に違いない。

「はい、捜査本部、丸谷です」

疲れた声が聞こえてきた。相沢は電話したことを後悔した。

「相沢だ。忙しいところをすまん」

「ああ、こないだは中座して申し訳なかったな」

「ストーカー男が殺された件か？」

「そうだ」

「先日の話だけどな……」

「何だっけな」

相沢は拍子抜けする思いだった。期待が急速にしぼんでいく。

「探偵になるという話だ」

「それで……？」

「家族に話そうと思う」

「やれやれ……」

丸谷はさらに疲れた声になった。「どうやら本気のようだな」

「ああ。パソコンを一台買い込んで、仕事に使おうと思う」

「パソコンね……」

「これからの探偵には必要だと思う。ネット犯罪とか、メールに関係した犯罪とかも増えるだろう」

「それで、俺にどうしろというんだ？」

「先日は話が途中になったからな」

「そうだな」

「なんとかやってみようと思う」

「まあ、せいぜい頑張ってくれ」

電話を切りたがっているのがわかった。相沢は、恥ずかしさで顔が火照《ほて》った。

「それだけだ。じゃあな」

「ああ、また、いずれ……」

電話が切れた。

俺は何を期待していたのだろう。丸谷に甘えていた自分が恥ずかしかった。

妻の容子が、買い物から戻ってきたようだ。リビングにやってきた彼女に、相沢は言った。

「パソコンを一台買おうと思う」

容子は、とたんに不機嫌そうな顔になった。

「パソコンならあるじゃないですか」

「麻理が独占している」

「貸してくれと言えばいいでしょう」

「麻理が俺に貸してくれるはずがない」

「麻理が自分で買ったわけじゃないんですよ」

「だが、今は麻理のものだ」

「どうしてまた、パソコンなんて……」

「仕事で使う。だから、麻理のを借りてはいられない」

容子の表情が少し明るくなった。

「仕事、決まったんですか？」

「目処は立った」

容子の態度が急速に軟化した。

「どんな会社？　パソコンを使う仕事なんですね？」

相沢は迷った。ここですべてを話してしまおうか。

言いだす度胸がなかった。

「まあな」

相沢は曖昧《あいまい》に言った。「そんなところだ」

「仕事はいつからなんです？」

「今準備をしている。そのために、パソコンがいる。パソコンの勉強もしなければならない」

「仕事に必要というのなら、仕方ないでしょう」

「秋葉原《あきはばら》を歩き回って、一番安いのを探すよ」

相沢はそう言うしかなかった。

＊

翌日さっそく、秋葉原に出かけた。デスクトップのパソコンならば、十万を切っている。これなら、それほど家計の負担にならない。

最近のパソコンはすぐにでもインターネットに接続できる。プロバイダとの契約も内蔵ソフトやCD-ROMで提供されるソフトを使えば、簡単だ。相沢にもそれくらいの知識はあった。

大容量の外付けドライブが必要だ。家族にも見られないようにデータを管理しなければならない。店員にあれこれ相談し、容量と使い勝手の双方を考えて、USB接続の外付けハードディスクを買った。すべて合わせて、十万円を少し出る程度だ。コンピュータも安くなったものだ。

自宅に戻ると、リビングルームの隅にあるささやかな自分のスペースにパソコンを設置した。まず、何もつながないでOSを立ち上げ、各種の設定を済ませる。

マニュアルを片手に作業を進めたのだが、そのわかりにくさに癇癪《かんしゃく》を起こしそうになったりもした。

試行錯誤を繰り返し、初期設定をするだけで、たっぷり三時間はかかった。おそらく、パソコンに慣れている者ならば、三十分もかからない作業なのだろう。

会社にいるときは、誰かが設定したマシンをただ利用するだけだった。だが、自分で設定をしてみると、やけに面倒くさい。パソコンは、まだまだ素人がいじれる機械ではないという実感があった。

パソコンをいじっていると、あっという間に時間が過ぎていく。それを相沢は初めて体験した。これは不思議な感覚だった。日常の感覚とはちょっと違う。時間をパソコンの側にコントロールされているような気さえした。

夕食時になっても、相沢はまだパソコンと格闘していた。

部屋から出てきた麻理がちらりとその様子を見たのがわかった。だが、何も言わない。どこかふてくされたような態度で食卓に着く。

妻に呼ばれて相沢も食卓に向かった。会社を辞めてから、こうして家族全員で夕食をとることが増えた。かつては、いっしょに夕食を食べたことなどなかった。

だからといって、会話が弾むわけではない。かえって気詰まりで、食事が味気ない。一人でテレビを見ながら食べたほうが気が楽だと思っていた。

「あれ、お父さんが仕事で使うんですって」

妻の容子が麻理に言った。

麻理が、またちらりとパソコンを見る。明らかに興味を引かれている様子だが、何も言おうとしない。不機嫌そうに箸《はし》を口に運ぶだけだ。

あくまで、俺と話をしたくないというわけだ。

相沢は思った。

この年齢の少女が父親を毛嫌いするのは、理屈ではない。たぶん、生理的なものだろうと相沢は理解していた。幼い頃は、父親が理想的な男性像に見える。父親べったりだった女の子のほうが父親嫌いになる傾向があるという。

思春期になり、ほかの男が魅力的に見えてくる。それまで憧《あこが》れていた父親が急にみすぼらしく感じられるのだ。理想視していた分だけ、その失望は大きい。

生理的な嫌悪なのだから、今はどうしようもないと、相沢は思う。そのうち、父親という存在を相対化できるほどの大人になれば、嫌悪感もなくなるだろう。

だが、娘と仲良くしたくないわけではない。昔はあんなにかわいかったのだ。学校でもこんな仏頂面をしているのだろうか。もともと顔立ちは妻に似て悪くない。おそらく、外ではもっと愛想がいいのだろう。

麻理あての電話はすべて彼女の携帯にかかってくる。麻理はそれを部屋で受けるので、どの程度の男友達がいるのかは見当もつかなかった。

麻理は、食事を終えるとすぐに自分の部屋に引っ込んでしまった。引きこもりというほどではない。今の高校生くらいの年齢の子は皆こんなものなのだろうと思う。

小さな頃から、自分の部屋を与えられていた。親とコミュニケーションをとるより、自分の世界が大切なのだ。

部屋にはテレビもあり、ノートパソコンもあり、携帯電話もある。別に親といっしょにテレビを見る必要はないと、自然に考えている。それが当たり前だと思っているのだ。

相沢たちの年代にとっては、それはちっとも当たり前のことではない。幼い頃には自分の部屋などなかった。ようやく部屋を与えられたのは、中学生になってからだった。それも茶の間から襖《ふすま》一枚隔てただけの小さな部屋で、弟といっしょに使っていた。

一家に一台しかテレビがなく、家族でテレビを見るのが普通だった。親が見たい番組と子供が見たい番組があり、それを交渉し、また譲歩する術《すべ》を身につけたものだ。たかがテレビというが、そうした家族の中の折衝が社会性を育てる第一歩だったかもしれない。

家族というのは、かつてはたしかに子供が社会に触れるためのトレーニングをするところだった。兄弟喧嘩《きょうだいげんか》も必要だったと思う。

今は一人っ子が多く、しかも部屋に何でもそろっている。家族に社会性を求めず、奇妙な社会がその個室の中に生まれている。携帯電話やメール、ネットの世界だ。

子供たちは、現実社会との関わりをどんどん希薄にしていき、ネットやメールという仮想社会に参画していく。

仮想社会と現実社会の区別がつかなくなるのも当たり前だ。相沢はそう考えていた。だが、その風潮に待ったをかける者はいない。

日本の経済はＩＴがリードしなければならないのだといい、ネットのインフラをさらに整備しようとしている。

経済優先でモラルや教育がないがしろにされるのは、今に始まったことではないが、ついに逆戻りできないところまで来てしまっていると、相沢は感じていた。

おそらく、探偵になったら、そういう社会の歪《ゆが》みから生じた不快な出来事と、いやというほど付き合っていかなければならないのだろう。

いかんな。

相沢は思った。

最近の麻理を見ていると、どうしても考えがネガティブな方向に傾く。夕食が済むと、相沢はまたパソコンの前に座った。ブラウザを立ち上げ、ウェブの世界に足を踏み入れてみる。

インターネットならば、会社にいるときからよく利用していた。退屈しのぎにこっそりとアクセスしたこともある。

まずは、私立探偵という項目を検索してみた。○○協会といったような名前の、いくつかの民間団体と、私立探偵事務所の宣伝のページがリストアップされた。

まず、ある協会のページを見た。全国に会員がおり、開業のアドバイスをしたり、クライアントの斡旋《あっせん》をしたりしているということが書かれていた。

ある程度の予備知識はあったが、実際にこうしてホームページを見ていると、なんとかやっていけそうな気がしてくる。私立探偵事務所の料金体系などを見ていると、参考になった。

私立探偵養成というページでは、高収入も夢ではないという謳《うた》い文句が眼に入った。景気に左右されない職業だとも言っている。

それを額面通り受け止めるほど、世間知らずではない。だが、幾分かの明るい材料ではある。

少なくとも、探偵になって開業しようなどと考えている人間が、日本で相沢一人ではないということがわかる。

近いうちに、必ず妻と娘に話そう。

相沢は、なんとか覚悟を決めようとしていた。

＊

キュウは、学校から帰るとすぐに「お気に入り」にリストアップされている「殺人ライセンス」をクリックしてみた。

やはり、「ページが見つかりません」というメッセージが出る。URLを見ると、どこか海外のプロバイダのようだ。おそらくアメリカだろう。

URLの前半のドメインネームだけを残してリターンを押す。すると、さまざまなページのリストが掲載された色鮮やかな画面が現れた。

「殺人ライセンス」とはまったく関係がなさそうだ。すべて英語で書かれているので、最初は面食らったが、どうやらプロバイダのPRのようだ。

「殺人ライセンス」の管理者は、海外のサーバーにウェブページをアップしていたのだ。

キュウは、馴染《なじ》みの掲示板のいくつかに、「殺人ライセンス」について書き込んだ。

ゲーム上で行われた殺人が、実際に起こったらしいということは、あえて書き込まなかった。あまりに不確かな情報だし、ネットというのは、一が十にも百にも膨《ふく》らんでいく世界だ。自重しなければならない。

ウェブの世界で、問題を起こさずに楽しむための最低限のエチケットは心得ている。他人の誹謗《ひぼう》中傷はしない。不確定な情報は流さない。

ふと、キュウは思い出して、深夜のテレビのことも書き込んだ。放送が終了したあとの、何も映っていない画面から、声が聞こえてくる。そんな経験をしたことがある人、あるいは話を聞いたことがある人はいないか。

これも、複数の掲示板に書き込んだ。オカルトや怪奇現象を扱っているページがあり、キュウはときおりそこを覗《のぞ》きに行っている。

そこに何人か知り合いがいるので、掲示板に同様のことを書き込んだ。

一休みして、気楽なページをしばらく渡り歩く。それから、何かレスがないか先ほど書き込んだ掲示板を巡回してみた。

さっそく反応が来ていた。

まずは、ゲームマニアのページ。

ハンドルネーム「くるるん」からの返答だった。

タイトル「殺人ライセンス」

メッセージ「それ、知ってる。見たことあります。えらい濃いゲームで、なかなかクリアできない。一度試したけど、好みじゃないんで、放っておいた。そしたら、消えちゃった」

それに、またレスがついていた。

ハンドルネーム「覇王《はおう》」からの返答。

タイトル「無題」

メッセージ「『殺人ライセンス』は、不定期にアップされているらしい。噂は聞いたことある。でも、僕はまだ見たことがない」

キュウは、しばらく考えてから、また書き込みをした。

タイトル「Re：殺人ライセンス」

メッセージ「僕が見たページのURLは、以下のとおりだけど、くるるんさんもそう？」

その下に、「殺人ライセンス」が載っていたページのURLを書き込んだ。

それから、また別の掲示板を回った。ほかはまだ反応がない。

オカルト・怪奇現象のページでは、テレビからの不気味な声についての書き込みが返ってきていた。

ハンドルネーム「エドガー」

タイトル「死者からの声」

メッセージ「これは、あるテレビ番組でも取り上げられたけれど、霊界からのメッセージだという説があります。一九六五年には、スウェーデンのコンスタンティン・ラウディブという科学者がラジオで死者の声を捉《とら》えることに成功したという記録があります。ラウディブは、ラジオのチューニングをわざとずらし、日夜ノイズを聞き、録音していました。そこに、博士のニックネームと妻の名を呼ぶ友人の声が聞こえてきたのです。もちろん、その友人はすでに死んでいたのです。その声は録音されて、今でも保管されているということです。当時のローマ法王もこれが霊界の声であると認めたというハナシなんですけど……。信じます？」

信じますって言われてもなあ……。

キュウは、画面を見つめて心の中でつぶやいていた。

俺が信じる信じないは別として、こんなこと、高田や相沢に言ったら、よけいに気味悪がるよなあ……。

母親が夕食だと、大声で告げている。

続きは、夕食のあとだ。

キュウは伸びをして立ち上がった。

5

午後八時から捜査会議が行われていた。

ベテラン刑事の丸谷ともなると、捜査本部を何度も経験しており、だいたいの流れはつかめている。

事件が難航するか早期に解決するかの見通しもなんとなくつくものだ。今回は、楽なヤマだと踏んでいた。

捜査本部は、目黒署の会議室に設置された。部屋の脇には「公務員殺人事件特別捜査本部」という戒名《かいみょう》が、墨痕《ぼっこん》鮮やかに大書されている。

本庁から二班、二十六人が乗り込んできた。目黒署は人をかき集めて、ようやく二十数人を動員した。五十人体制の捜査本部だ。

被害者の和田康治は、自宅で殺された。目黒区東《ひがし》が丘《おか》のアパートだ。環七《かんなな》通りと駒沢《こまざわ》通りの間の住宅街にあるアパートだった。

捜査本部では、本庁の捜査員と所轄署の捜査員が、また、ベテランと若手が組まされることが多い。

丸谷は、本庁の若い刑事と組まされていた。まだ三十歳になったばかりという。名前は、三《み》田《た》永吉《ながよし》。本庁の同じ班の連中にエイキチと呼ばれているが、本当はナガヨシと読むらしい。

エイキチは、良くいえばあまり物事に動じないマイペースな男だ。悪くいえばすべてにいい加減だ。その上、中途半端なエリート意識があるようだ。

三十歳の若さで刑事になり本庁に配属された。エリート意識を持つなと言われても無理かもしれない。だが、そんなものは、所詮《しょせん》ノンキャリアの出世争いだ。キャリアから見れば兵卒の出世争いに過ぎない。

だいたい、刑事そのものが警察機構の中では出世街道から外れているのだ。刑事にとって現場仕事が何より大切だということを、こいつはいつ知るのだろう。

丸谷は、エイキチと組んだとたんにそんなことを考えていた。

捜査本部の全体の士気は高かった。

すぐに容疑者が割れるだろうという楽観的なムードがある。

和田康治は、刃物で胸と腹を刺されていた。傷の形状から、凶器はおそらく包丁だろうと見られている。男の一人暮らしだが、台所にはひととおりの道具がそろっていた。ほうろうの鍋《なべ》のセット、フライパン、いくつかの大きさのザルとボールのセット。お玉にフライ返し、木製のへら、それにまな板。いずれも新品ではなく使い込んだ形跡がある。

だが、台所用品の中で肝腎《かんじん》なものが欠けていた。

包丁だ。

つまり、被害者は、自分の包丁で刺されたということだろう。犯人は、被害者宅の台所から包丁を持ちだして刺したというわけだ。

顔見知りの犯行である可能性が大きい。物取りや行きずりの犯行なら、被害者宅に侵入して台所まで行き、包丁を取りだして殺害するというのはどうも不自然だ。

強盗なら凶器を用意していたはずだし、行きずりの犯行ならもっと違った殺し方をするに違いない。

室内に争った跡があったが、軽微だった。殺されそうになったら誰でも抵抗する。喧嘩《けんか》になってはずみで刺したという感じではない。それならば、部屋の中はもっと荒れていたはずだ。

となると、計画的な犯行という線が濃くなる。つまりは、鑑《かん》取り捜査が有望だということだ。

被害者の交友関係を洗えば、必ず容疑者は浮かび上がってくる。特に、被害者がストーカー行為を行っていたという事実は、事件と関連が深いかもしれない。

ストーカー行為にあっていた女性も洗う必要がある。そうすれば、必ず何かがわかるはずだ。

丸谷はそう読んでいた。捜査本部の一期は二十一日間だが、それで充分だ。早期解決が期待できる。

殺害現場の室内は、おびただしい血にまみれていた。犯人はかなりの返り血を浴びていただろう。地取り捜査では、目撃情報も期待できる。

会議に疲れてきた丸谷は、ふと相沢のことを思い出した。

私立探偵になるだって？

いい年をして何を考えているんだ。

世の中そんなに甘くはない。厳しい現実に直面して、右往左往するのがオチだ。相沢はどうやら、丸谷が刑事だというので、頼りにしているらしい。

迷惑な話だ。俺は俺でいっぱいいっぱいなんだ。

「面倒くせえな……」

丸谷は、ふと声に出してつぶやいた。

隣に座っていたエイキチが、眠たげな顔で尋ねた。

「なんです？」

丸谷はそっと言った。

「おまえ、私立探偵に知り合いはいるか？」

「私立探偵ですか？　いいえ」

「そうだろうな」

エイキチはそれ以上何も尋ねない。彼の何事にも無関心なところも、ときにはありがたい。

相沢からまた電話がかかってくるかもしれない。知ったことではないというのが本心だ。高校時代の同級生だが、それほど親しかったわけでもない。放っておこうとも思う。

だが、なぜか気になった。

危なっかしくて、見ていられないような気がしてくる。素人が、犯罪と関わるとどういうことになるか、ちゃんとわからせてやらねばならないとも思った。

しゃあねえな。ちょっと面倒見てやるか……。

丸谷は溜《た》め息をついた。

俺も、人がいいよな……。

＊

キュウは、夕食後、また部屋にこもってパソコンに向かっていた。

さきほど書き込みをした掲示板を巡回する。ゲームマニアのページで、いくつかレスが返ってきていた。

ハンドルネーム「パチモン」

タイトル「殺人ゲーム」

メッセージ「キュウさん。それ、俺も見たことある。なかなかクリアできない奥が深いゲームだ。俺が見たときと、URLが、違うな。俺がおさえているURL、書いとくね」

メッセージの中にURLが書かれている。キュウは、さっそくそのURLをクリックしてみた。自動的にそのページへ飛ぶはずだ。

しばらくして「ページを発見できません」というメッセージが現れた。やはり、このサーバーからも消えている。

それにしても、URLが違うというのはどういうことだろう。いろいろなサーバーを渡り歩いているのだろうか？

ゲームの管理者は、それだけ用心深いということになる。その用心深さの理由を考えてみた。

内容が内容なので、サーバーの管理者が削除してしまうのかもしれない。そういう条件で契約するプロバイダは多い。その場合、反社会的な内容や、個人に対する誹謗《ひぼう》中傷を目的としたページ、あるいは、猥褻《わいせつ》図書とみなされるページは、サーバー管理者が削除することがあるのだ。

「殺人ライセンス」の管理者は、削除されると別のプロバイダと契約してアップしなおすのかもしれない。

そして、またしばらくすると、サーバー管理者が削除する。また、新たなプロバイダと契約してアップする。それを繰り返しているのだろうか。

それはとても面倒くさい。そして、契約するための金がかかる。もっと、簡単な方法があるはずだとキュウは思った。

「殺人ライセンス」がネットから消えるのは、サーバーの管理者が削除したのではなく、ゲームの作者か管理者が自ら削除した場合を考えてみた。

つまり、やばいから、ちょっと姿を見せてはすぐに消えるというわけだ。

キュウは、やはり「殺人ライセンス」と、今朝報道された殺人事件は、無関係ではないと感じた。だからこそ、ゲームの管理者は、「殺人ライセンス」を出したり引っ込めたり、URLを変えたりしているのではないだろうか。

ということは、殺人の犯人はゲームの管理者なのだろうか。

しかし、何のために「殺人ライセンス」をネットにアップするのだろう。

キュウは考えながら、また別のページへ飛んだ。

キュウの書き込みへのレスを見つけ、その内容に驚いた。

ハンドルネーム「案山子《かかし》」

タイトル「殺人ライセンス」

メッセージ「ども。案山子です。『殺人ライセンス』、俺もやったことあります。たしか、アメリカあたりのサーバーにアップされていたと思います。ターゲットの名は、ヤスジでした。びっくりしたのは、ターゲットとほとんど同じキャラクターの人が、実際に殺されたことです。今日、ニュースで知り、ぶっ飛びました。これって、偶然じゃないよな」

キュウのほかにも気づいたやつがいたのだ。頭の中が熱くなるような気がした。顔が火照ってくる。

そのメッセージにレスをくっつけた。

「僕もそのことに、気づきました。警察に届けろと言った友人がいますが、偶然かもしれないし、第一、ページが消えちまってるんで、どうしようもないと思っていたところです」

また何か返事があるに違いない。一人で考えるより何人かで考えたほうがいいに決まっている。

別のページでは、深夜のテレビの声についての書き込みがあった。例のオカルト・怪奇現象専門のページだ。

ハンドルネーム「ヤオイ」

タイトル「死者の声２」

メッセージ「霊界からの声を拾おうとする試みは昔からなされています。かのトーマス・エジソンも、霊界からの声を受信する装置を開発しようと研究していました。テレビやラジオが霊界からのメッセージの受信装置として機能することがあるというのは、霊媒師などの間ではかなり信憑性《しんぴょうせい》がある話とされています」

マジかよ。

キュウは、付き合いきれないと思った。こんな話を高田や相沢にはできない。オカルトマニアのページに書き込んだのが間違いだったか……。

メールの着信音がした。メーラーが定期的に送受信してくれる。常時接続のありがたさだ。

メールを開いた。「くるるん」からのメールだった。「くるるん」とは会ったことはない。ネットの上だけの付き合いだ。

『殺人ライセンス』、出てるぞ。急いで行ってみろ」

URLが張りつけてある。また別のURLだ。キュウは、それをクリックした。

なかなかつながらない。いらいらした。

やがて、ブラウザが真っ黒になった。そして、おどろおどろしい真っ赤な文字が浮かび上がる。

「来た!」

キュウは、まずその画面を保存した。「お気に入り」にも登録する。

そして、先日と同様にゲームに参加してみた。

今日のターゲットは若い男だった。

名前は、タクマ。年齢十五歳。中学校三年だ。タクマは、何人かの仲間と同じクラスの生徒をいじめており、金品を巻き上げているという。

ヤスジの場合はストーカーだった。ターゲットにされるのは、何か犯罪的な行為をやっている者のようだ。警察に捕まるほどではない。だが、他人に多大な迷惑をかける許し難いやつ。それがターゲットにされているように思える。

なんだよ。

キュウは思った。

必殺シリーズ気取りかよ。

キュウは必殺シリーズをテレビの再放送で見たことがある。

前回と同様に、さっそくゲームに参加した。参加するためには、こちらのメールアドレスを書き込まねばならない。

危険だ。だが、前回すでにメールアドレスを書き込んでしまっている。今回も書き込んだ。

開始画面。前回と似たような選択肢が並ぶ。だが、微妙に違っている。ターゲットごとに書き換えているようだ。

キュウはその画面も保存した。

前回と同様、すぐにゲームオーバーとなった。ゲーム自体は、通常のリアルタイム型オンラインゲームに過ぎない。

もう一度、挑戦しようとしたとき、画面が凍りついた。キュウは、リロードした。すると、「ページを発見できません」というメッセージが現れた。

「消えた」

キュウはつぶやいた。
「殺人ライセンス」は、またしても消え去ってしまった。

6

丸谷は捜査が進むにつれて、何やら雲行きが怪しくなるのを感じていた。ほかの捜査員たちも同様らしい。みるみる捜査本部の雰囲気が湿ったものになっていった。

捜査本部発足当初の読みが甘かった。それが次第にはっきりしはじめた。

犯行現場である被害者宅の台所から包丁がなくなっていた。凶器はその包丁と思われていた。

さらに物色した形跡や争った跡が比較的少ないことから、顔見知りの犯行という読みが強かった。

殺された和田康治は、ある女性にストーカー行為を繰り返していた。女性にとっては耐えられない行為だ。それが殺意に発展することもあり得る。

本人が実行しなくても、ごく親しい人なら犯行におよぶ可能性がある。

丸谷が読んだ筋は、こうだった。

ストーカー被害の女性が、和田康治の自宅を訪ねる。和田は、喜んで彼女を部屋に招き入れるだろう。二人は話をし、彼女は隙を見て台所の包丁を取りだし、和田康治を殺害する。

あるいは、和田のストーカー行為に耐えきれなくなった被害者の女性は、親しい男性に相談する。現在付き合っている男性かもしれない。その男性が、和田に文句を言いに行く。殺意はなかったかもしれない。だが、言い合いとなり、かっとなって台所から包丁を取りだし、刺した。

もしかしたら、先に包丁を取りだしたのは和田のほうかもしれない。脅して追い返そうとした可能性もある。揉《も》み合いになり、犯人が包丁を取り上げた……。

ほとんどの捜査員がそう読んでいたに違いないと丸谷は思った。

もちろん、予断は禁物なので、誰もはっきりと口に出してはいなかった。だが、鑑取りで必ず何か手がかりが見つかると踏んでいたはずだ。

だが、何も出てこなかった。

ストーカー被害にあっていた女性の身辺を洗ったが、事件に関連したものは見つからなかった。

その女性の名は、町田《まちだ》晴美《はるみ》。二十五歳のOLだ。もちろん、捜査員が本人に話を聞きに行っている。

付き合っている男性もすでにわかっている。川島《かわしま》肇《はじめ》、三十歳。町田晴美と同じ化粧品のメーカーに勤めている。

二人に疑いがかかるのは当然だ。だが、二人は、犯行のあった日の前日から三日間にわたって、会社の研修で伊東《いとう》に泊まり込んでいた。伊東には保養所を兼ねた会社の研修センターがあるという。

もちろん、研修に参加したのは、彼女ら二人だけではない。総勢三十名ほどの営業部員らが参加していた。

研修のスケジュールは綿密で、早朝から夕食後のミーティングまでびっしりと詰まっていた。町田晴美と川島肇は、間違いなくすべてのスケジュールをこなしていた。伊東から抜けだすことは不可能だったし、彼らが研修センターを出ていないことは、研修に参加していたほかの社員たちが証言した。

完全なアリバイだ。

もちろん、町田晴美が川島肇以外の人間に相談したということも考えられる。家族のことも疑わなければならない。彼女は世田谷《せたがや》区下馬《しもうま》三丁目のアパートで一人暮らしだ。実家は秋田県で、ほかに兄弟などは上京していない。

町田晴美の身辺を洗ってはいるが、今のところ、まるで手がかりが出てこないというわけだ。

捜査員たちが夜八時からの捜査会議に合わせて次々と上がってくる。丸谷も、一日歩き回ってくたくたに疲れていた。

パートナーの三田永吉が涼しい顔をしているのが、なんだか腹立たしい。やはり若さかと思う。

捜査会議が始まったが、これといった報告はない。

捜査員たちの報告が終わると、司会をつとめている捜査本部主任の田端《たばた》捜査一課長が、うめくように言った。

「妙なヤマだな……。普通なら何か出てきそうなもんだが……」

この時間になると、本部長の磯谷《いそがい》刑事部長や副本部長をつとめる目黒署の長瀬《ながせ》署長は、捜査本部には顔を出さない。事実上、田端課長が責任者という形になる。

田端課長は、気を取り直すように、地取り捜査を担当している捜査員に尋ねた。

「凶器はまだ見つかっていないのか？」

本庁のベテラン捜査員がこたえた。たしか、立花《たちばな》という名だ。白髪交じりの部長刑事だ。

「まだです」

「近所の聞き込みの結果は？」

「進展なしですね。マンションやアパートってのは、近所の出来事に無関心でしてね……。物音を聞いたという人は何人かいるんですが、目撃者はいません」

集合住宅での捜査は人が密集しているにもかかわらず、意外と捜査が難航することがある。丸谷は経験上、それを知っていた。

目黒署管内でも、古い住宅街があれば、新興の集合住宅街もある。どちらかといえば、古い住宅街で起きた事件のほうが解決が早い傾向がある。人のつながりが密なせいだ。近所を不審者が歩き回っていると、必ず眼につく。だが、集合住宅の中では誰が不審者なのかわからない。住人同士が互いに顔を知らないことすら多い。

「鑑識の報告も妙ですね」

立花が言った。

田端課長が聞き返す。

「鑑識の報告が……？」

「ええ。最初聞いたときは、気にならなかったんですが、今になってみると、ひっかかりますね。まず、犯人の遺留品がほとんど見られない。採取された毛髪もすべて被害者のものでした。指紋も被害者のものしか残っていません。凶器もまだ発見されていない。これって、普通じゃありませんよ」

「きわめて、計画的だったということだな」

「たいていの殺人《コロシ》ってのは、べたべた手がかりが残っているもんです。犯人はそれくらい動転する。だが、今回のは……」

「周到に計画され、冷静に犯行に及んだってわけか？」

「鑑識の報告を見るとそう思えますね」

田端課長は唸《うな》った。

丸谷も、立花が言ったことは納得できた。しかし、そうなると、犯人像がまるっきりわからなくなる。

立花の言い方からすると、まるでプロの犯行のようだ。誰かがプロを雇ったということだろうか。そうなると、話は面倒になる。

プロの殺し屋などというのは、映画やテレビドラマの世界の話で、たいていはヤクザの鉄砲玉だ。長年刑事をやっているが、丸谷は人殺しを生業《なりわい》にしているやつなど見たことがない。

「とにかく……」

田端課長が言った。「地取り班は、凶器と目撃者の発見に全力を上げてくれ。鑑取り班は、被害者の交友関係を洗い直しだ。どこかで犯罪組織と関わっている可能性だってある。仕事上で、何かのトラブルにあっていたことも考えられる」

それから、溜《た》め息をついた。「以上だ」

捜査はいきなり行き詰まった感じだ。

何かが立ちはだかっている。丸谷はそう感じた。それが何であるかはわからない。得体の知れない何かだ。

＊

いつまでも、このままではいけない。

相沢優一は、私立探偵になるということを、家族に話さなければならないと思った。

だが、どうしても踏ん切りがつかない。

それでなくても、娘は相沢と話をしようとしない。職を失ってから、妻の容子の機嫌も悪い。

私立探偵としての第一歩を踏み出すのが先か、それとも家族に話すのが先か迷っている。ある程度、仕事の目処《めど》がついてから話をしたほうがいいような気もする。だが、事前に了解を取り付けておいたほうがいいとも思う。

我ながら煮え切らないとは思うが、なかなか腹が据わらない。

時間だけはあるので、ひたすらコンピュータをいじくっていた。専門の雑誌を数誌買い込んできて、いろいろと勉強をした。

会社ではただ、ソフトを立ち上げてそれを利用するだけだった。OSやハードウエアそのものに関心を持ったことはない。未知の領域に踏み込んでいく不安と楽しさを感じていた。

最初は、雑誌に書いてあることがさっぱりわからなかった。初心者向けの雑誌なのだが、それでも理解力が専門用語に拒否される。

まだ手探りの状態だ。ちょっと高度な雑誌に書いてあるような、ウインドウズの軽量化だの、カスタマイズだのといった事柄には、恐ろしくて手が出せない。

それでも毎日いじっていると、なんとなくパソコンのことがわかってきたような気になってくる。何事も試行錯誤だ。

そうだ。試行錯誤なんだ。

相沢は思った。

探偵の仕事も、最初は試行錯誤の連続だろう。そうやって一人前になっていくんだ。小さな失敗を恐れてはいけない。決定的な失敗さえしなければいい。

それには、やはり家族の協力も必要だろう。やはり、仕事を始める前に話しておくべきだ。それで、妻や娘が愛想を尽かすのなら、家族の絆《きずな》などそれだけのものでしかなかったということだ。

会社を辞めたときに、残りの人生は自分のために生きようと思ったのだ。自分自身の決意を裏切ってはいけない。これからは、自分でルールを作らなければいけない。

だが、俺にそれができるだろうか。相沢は、まだ踏ん切りがつけられずにいた。彼は、迷い、そして恐れていた。

*

祥子は、あの日不気味な声を聞いて以来、テレビをつけるのが恐ろしかった。番組を見ていても、いつそれが中断してあの不気味な声が聞こえるかわからない。そんな気がして部屋ではテレビをつけなくなっていた。

見たい番組はリビングルームに行って見る。

それまで、食事時以外は部屋にいることが多かったが、最近はリビングルームで過ごす時間が増えてきた。

なんだか懐かしい気がした。

最初は、両親が話しかけてくることがうっとうしかったが、そのうっとうしさも久しぶりのような気がした。小学生の頃はこうだったな。

祥子はそんなことを感じていた。

いつしか、夕食後の洗い物を手伝うようになっていた。今までは、食事が終わるとすぐに部屋に引っ込んでいた。リビングルームのソファに座っていると、母親が手伝えと言った。

面倒くさかったが、何度か言われて一度手伝った。洗剤のつけすぎだの、皿の洗い方がなってないだの、洗ったものは布巾《ふきん》でふけだの、いろいろと母親に注意された。

だが、それがあまり嫌でないことに気づいた。自分でも驚くほど素直な気持ちになれたのだ。

母親といっしょに台所に立つというのも悪くない。そう思うようになった。祥子は、料理がまったくできない。たいていの友達がそうだ。だが、台所に立つようになって、母から料理を習ってみてもいいかなと思いはじめた。

もし料理ができれば、きっと優越感に浸れるに違いない。料理で男の子の気を引く気はないが、料理がうまいというだけで、点数が上がるのは間違いない。

祥子は、自分にはこれといって取り柄がないと思っている。成績もいいほうではないし、スポーツの選手をやっているわけでもない。ファッションリーダーでもなければ、遊び場所を知っているわけでもない。

あまりに人並み過ぎると感じていた。

相沢麻理がうらやましい。

いつも、そう感じていた。麻理は、成績もいいし、何より美貌《びぼう》に恵まれている。白くきめ細やかな肌に、ぱっちりとした眼。素直できれいな髪。クラスの男子の大半が麻理に好意を持っていると思っている。

もし、料理がうまくなったら、その点だけでも麻理に勝てるような気がした。

そのうちに、かあさんに頼んでみよう。

祥子はそう思った。そんなことを思っている自分が意外だった。部屋の外には家庭があった。それを、ずいぶん長い間忘れていたような気がした。

洗い物を終えてリビングルームに戻ると、たいてい、父親がソファに寝そべってテレビで野球のナイトゲームを見ている。

チャンネルを替えたいと言ったら、父が子供のように反論したことがある。

「今、いいところなんだ。逆転のチャンスなんだよ」

その無邪気な表情に驚いた。

見たい番組があるんだと言うと、父は、部屋で見ればいいだろうと言った。ここで見ると言い張り、結局、じゃんけんで決めようということになった。

親とチャンネル争いをしたことなど初めてだった。小さい頃は、親は無条件で子供にチャンネルを譲ってくれた。

だが、思えば、あの頃から野球のナイトゲームだけは優先されていたように思う。どうして野球なんかに夢中になるんだろう。今さらながら、祥子はそう思った。

そして、父に対してそんな疑問を持つことが新鮮だった。結局、じゃんけんは祥子が勝ったが、チャンネル権は父に譲ってやった。

親に何かを譲ってやるということも、初めての体験のような気がした。友達とは違う人間関係がここにある。親も人間だった。

大げさに言うと、そんな気さえした。

部屋から出て、親といっしょにテレビを見るだけで、こんなことに気づくんだ。

祥子は、なんだか少しだけ大人になったような気がした。

7

キュウは、夕食時、テレビのニュースを見て、現実感が失《う》せていくように感じていた。

大阪で、中学生が殺害された。被害者の名前は報じられなかったが、殺された少年は、何人かのグループで、いじめを繰り返しており、特定の少年から金品を巻き上げていたことがわかっているという。

警察は、事件といじめや恐喝行為の関連を調べているとアナウンサーは語った。

これって、タクマのことじゃないのか。

キュウはそう思った。

そうだ。そうに違いない。

前回「殺人ライセンス」にアクセスしてから、一週間ほど経っている。その間に何度かネットサーフィンをして探してみたが、ついに見つからなかった。

ヤスジのことは偶然かもしれない。衝撃が薄れるにつれ、キュウはそう思うようになっていた。そう思ったほうが気が楽だった。

だが、また、「殺人ライセンス」のターゲットと同じような人物が、殺人事件の被害者となった。

　少年は、自宅近くの公園で深夜に殺害されたという。遊びから帰る途中に被害にあったと見られている。ニュースではそう言っていた。

　殺人現場となった公園が映し出されていた。砂場、鉄棒、滑り台にジャングルジム、そして公衆便所。それを取り囲むように木が並んでいる。葉が茂って揺れていた。どこにでもある小さな公園だ。周りは住宅街のようで、マンションらしい建物が見えた。

　急に夕食の味を感じなくなった。茶碗《ちゃわん》のご飯を半分近く残してしまった。食卓を立とうとすると、母親が言った。

「どうしたの？　ご飯残して。具合でも悪いの？」

　すると、ビールを飲んでいた父親が言った。

「食べ盛りだっていうのにな。運動しないで、パソコンばかりいじっているからだろう」

　いつもなら、父親の嫌味にむかっ腹を立てるところだ。だが、今は両親の言葉など耳を素通りしていた。

　部屋に戻ると、キュウはさっそくパソコンのOSを立ち上げた。起動を苛々《いらいら》しながら待つ。

　まず、メールのチェックをした。十数件のメールが入っていた。スパムメールや不要なメールマガジンなどをどんどん削除していく。くるるんからのメールが来ていた。

「大阪の事件、知ってる？　あれって、こないだの『殺人ライセンス』のターゲット、タクマだよね。これで、ヤスジに続いて二件目だ。どういうことだと思う？」

返事を書こうとしたが、キーボードに乗せた指が動かない。何を書いていいのかわからない。

そうだよな。これって、もう偶然とは言えないよな。

キュウは、頭の中で何度もそう繰り返していた。

警察に届けるべきだ。僕だけじゃない。くるるんも知っている。きっと探せば、くるるんのように、二件の殺人と、「殺人ライセンス」が関係していることに気づいている人がいるはずだ。

僕があれこれ悩むような問題じゃない。警察に届けて、あとは任せればいい。そう思うと、少しだけ気分が軽くなった。

ようやく、くるるんに返事を書く気になった。

「ニュース、テレビで見たよ。驚いた。僕は警察に話をしようと思うけど……。その後、『殺人ライセンス』には出会っていない。アメリカあたりのサーバーを渡り歩いているのだろうか。向こうの無料レンタルサーバーを利用しているのかな？　もし見つけたら、こないだみたいに、連絡をくれないか？　こっちは、起動している間はつなぎっぱなしにしているから。じゃあ、また」

送信して、他のメールを見ていった。

「殺人ライセンス」と、二件の殺人について触れていたのは、結局くるるんだけだった。さすがだなと、キュウは思った。くるるんは、ゲームのことについては、ものすごく詳しい。おそらく「殺人ライセンス」もいいところまで行ったのではないだろうか。

メールチェックを終えると、馴染《なじ》みの掲示板を回った。

いくつかの掲示板で、「殺人ライセンス」の話題が取り上げられていた。実際に起きた殺人と「殺人ライセンス」の関連を疑っているような書き込みが増えつつある。だが、まだ表現は控えめだった。誰もが確信を持てずにいるのだ。

キュウはすでに確信を得ていた。くるるんのおかげだ。

案山子がまた書き込みをしていた。

ハンドルネーム「案山子」

タイトル「殺人ライセンス・その2」

メッセージ「その後、殺人ライセンスには出会ってないけど、誰かが、またゲームと同じような殺人が起きたってカキコしてたけど、本当？」

キュウはそれに、レスを付けた。

ハンドルネーム「キュウ」

タイトル「Re：殺人ライセンス・その2」

メッセージ「それ、大阪の事件だよ。イジメやってた中学生が殺されたってやつ。ゲな声についての進展がないかどうか調べた。

　それから、キュウはオカルト系の掲示板を回って、深夜、テレビから聞こえた不気味ーム上の名前はタクマだった」


ム上の名前はタクマだった」


　キュウはたまげた。

　こんな書き込みがあった。

　ハンドルネーム「エドガー」

　タイトル「死者のメッセージ」

　メッセージ「放送終了後のテレビ、チューニングの合ってないラジオなどに、霊界から届くメッセージは、生前に果たせなかった思いとか、晴らせなかった恨みなどを訴えていることが多い。例えば、殺人の被害者であるとか……。霊媒師が殺人の被害者を霊界から呼び出し、それによって事件が解決したという例がある。今回、テレビに届いた霊界からのメッセージは、そういう類《たぐい》なのではないだろうか。誰かが何かを知らせようとしているのかもしれない」

　すっかり、霊界からのメッセージが本物ということにされてしまっている。

　それに膨大なレスが付いていた。

　未解決の殺人事件の、被害者である可能性が高いというのが、だいたいの趣旨だ。

　レスが進むにつれて、内容はエスカレートしていく。中には茶化すようなメッセージもあるが、だいたいは、エドガーの説を支持し、さらに発展させるような内容だ。

エドガーの書き込み自体は、冷静で当たり障りのないものだった。だが、レスはどんどん過激な方向に走っていく。

なんだよ、これ……。

キュウは当惑した。最初に深夜のテレビの声について書き込みしたのはキュウだ。今では、キュウの手を離れて勝手に話題が一人歩きを始めた。いや、一人で疾走しはじめたのだ。

レスの中に、くるるんの書き込みがあり、キュウはさらに驚いた。くるるんは、こんなところにまで、足を延ばしていたのだ。

ハンドルネーム「くるるん」

タイトル「ネットにもあるかも」

メッセージ「テレビやラジオに霊界からのメッセージが届くのなら、ネット上にもあるかも。霊界からのメッセージがどこかの掲示板やメールに紛れ込んでるかもしれないですね。そういえば、『殺人ライセンス』というゲームがあり、これがネット上で神出鬼没。ただ、サーバーを渡り歩いているのかもしれないけれど、もしかしたら、これ、実在してなくて、霊界にあるゲームがネットに時々紛れ込むのかもしれないです」

くるるんは、完全にこの掲示板を茶化している。キュウにはそれがわかる。ネットゲームマニアであるくるるんは、おそらくコンピュータマニアでもあるだろう。

インターネットの仕組みをよく知っているに違いない。そんな彼が、霊界からゲームがネットに紛れ込むなどと、本気で考えるはずがない。

冗談で書き込みをしているのだ。

だが、そのくるるんの書き込みにも、レスが付いていた。

『『殺人ライセンス』聞いたことがあります。どこかの掲示板で、ゲームとまったく同じ殺人事件が起きたという話で盛り上がっています。テレビに届いた霊界からのメッセージは、そのゲームによって殺された人々の怨《うら》みの声とは考えられないでしょうか？

これ、ちょっと強引？」

「強引だよ」

キュウは声に出してつぶやいた。

そんなことがあり得ないと考えるだけの良識と理性はある。だが、ネット上で、こういう書き込みを見ると、妙に説得力がある。

とにかく、少しばかり責任を感じていた。妙な話題を振ってしまったのは、キュウ自身なのだ。

キュウはレスを付けることにした。

ハンドルネーム「キュウ」

タイトル「あのね……」

メッセージ「テレビから奇妙な声が聞こえたという話題から、ずいぶん盛り上がってますけど、これって、そんなに大げさな話じゃないと思うけど……」

加熱気味の掲示板を少し冷ましてやるつもりだった。送信して、その掲示板を出た。それから、キュウは無駄とは思いつつ、「殺人ライセンス」を探した。検索エンジンも駆使した。だが、広大なネット世界から一つのページを探し出すのは、砂浜から一粒の砂を探し出すのに等しい。しかも、「殺人ライセンス」は現在、アップされていないかもしれないのだ。

やがて、キュウは激しい眼の疲れを覚えて、パソコンの電源を落とした。

＊

相沢は、夕食で顔をそろえた妻の容子と娘の麻理に、話を切り出す機会をうかがっていた。

麻理は相変わらずの仏頂面だ。妻の容子も機嫌がいいとは言えない。ぐずぐずしていると、麻理の食事が終わってしまう。食べ終わると、さっさと部屋に引き上げてしまう。早く話さなければ……。

相沢は度胸を決め、おずおずと話しはじめた。

「仕事の話なんだが……」

容子が相沢を見た。麻理はちらりと一瞥《いちべつ》し、すぐに眼をそらした。自分とは関係がないという態度だ。

「探偵をやろうと思う」

妻は、きょとんとした顔をしている。何を言われたのかわからないといった様子だ。麻理が眉間《みけん》にしわを寄せた。

不自然な沈黙のあと、妻の容子が言った。

「どういうこと？」

「言ったとおりだ。探偵をやる。もう準備を始めている。パソコンを買ったのもそのためだ」

容子が音を立てて箸《はし》をテーブルに置いた。

「ちょっと。なに、バカなこと言ってるんです。真面目に仕事を探してください」

「俺は真面目だ」

相沢はまっすぐに妻の顔を見て言った。「すでに、二級調査士という資格も取っている」

「二級調査士？　何なのよ、それ」

「ある民間団体が出している探偵の資格だ。探偵学校に通って、資格をもらった。基礎的な勉強はもう終わっている。あとは実践でトレーニングするしかない」

「冗談じゃありませんよ。そんなんで食べていけるんですか？　家庭のことをちゃんと考えてください」

妻の口調は厳しかった。予想していたことだ。相沢はひるまなかった。

「考えている。ちゃんと稼いでみせる」

「探偵なんかで、どうやって稼げるっていうんですか。もっと安定した収入が必要なんですよ」

相沢は大きく息を吸った。ここでひるんではいけないと自分に言い聞かせる。

「将来に不安がないかと言えば嘘になる。しかし、世の中には探偵で食っている人も大勢いる。安定した収入だって？　考えてみろ。二十年も勤めた会社をクビになる世の中だ。サラリーマンだって安定なんかしていない。そういう時代なんだよ」

「麻理が大学に入れば、またお金がかかるんですよ。ここのローンだってまだ残っているのに……。それを夢物語みたいに、探偵だなんて……」

「これまで、俺は自分の人生を他人のために費やしていたような気がする。探偵になるのは、昔からの夢だった。その夢を果たすには、これがラストチャンスだと思う。もちろん、探偵と言っても、推理小説に登場するような探偵をやろうなどとは思っていない。浮気調査や身上調査といった地味な仕事が中心になるだろう。探偵でも堅実に稼ぐことはできる」

「まったく……。リストラにあったあげくに、まともな仕事につこうともしないで……」

妻の口調は完全に女の愚痴になっていた。理屈で勝てないとなると、非難を始める。さすがに、この言い草に相沢は腹を立てた。だが、ぐっと我慢した。

たしかに、フリーランスの仕事を始めたら、家族に犠牲を強いることもあるかもしれない。その意味では、相沢はわがままを言っていることになる。わがままを通すためには、誹謗《ひぼう》中傷くらいは我慢しなければならない。

「たしかに優秀な社員じゃなかった。その点は反省している。だが、会社のために尽くしてきたことは間違いない。もともとサラリーマンが向いていなかったのかもしれない。優秀な社員じゃなかったからといって、優秀な探偵になれないわけじゃない」

「考え直してください」

妻は言った。「探偵なんて、冗談じゃありません」

もう後には引けなかった。

「考え直す気はない。そっちこそ、よく考えてくれ」

妻の容子は、麻理に言った。

「あなたも、何とか言ったらどうなの?」

麻理は仏頂面のまま言った。

「関係ないよ。好きにすれば?」

「関係ないって、あなた、家の収入がなくなるのよ」

「学校やめて、おミズでもやって稼ごうか?」

麻理は本気で言っているわけではない。それは相沢にもわかる。だが、へたをすると、本当にそういうことになりかねない。

「そんなことはさせない」

相沢は言った。「ちゃんと稼いでみせる」

「探偵始めるなんて……」
妻が言った。「親戚《しんせき》中の笑い物だわ」
親戚がどう言おうと知ったことではなかった。だが、妻にだけは理解してもらいたい。
探偵はれっきとした職業だ。
だが、それには時間がかかるかもしれない。
とにかく、私の意志は伝えた。
相沢は思った。
あとは、容子と麻理が納得できるだけの仕事をするだけなのだが……。

8

「なんか、えらいことになってさ……」

キュウは、高田祥子に言った。学校の休み時間で、祥子はたいてい相沢麻理といっしょにいる。

「なんだよ、えらいことって」

祥子が言った。

「ネットでさ、放送終了後にテレビから聞こえてきた声のこと、あちこちに書き込んだんだ。そうしたら、なんか妙なことになって……」

「じれったいね」

祥子が言う。「何なんだよ」

「『殺人ライセンス』の話、したよね。ネット上のオンラインゲームだ。それとくっついちゃって、妙な噂が広まっちまった」

「どんな噂よ」

「『殺人ライセンス』は本当の殺人に関係しているんだ。ゲーム上のターゲットと同じような人が実際に殺されている。それも、すでに二人……」

祥子が顔をしかめた。

「そんなこと、あるはずないじゃん」

「本当なんだよ」

キュウは、祥子と麻理の顔を交互に見た。彼女たちがまぶしく感じられて、すぐに眼をそらしてしまった。「俺だって、最初は偶然だと思っていたさ。でも、絶対に偶然なんかじゃない。『殺人ライセンス』はネット上で不定期に現れる。それも、サーバーを変えて……。まともなゲームじゃないんだ」

「わかった」

祥子が言った。「そのゲームと、テレビの声とどういう関係があるわけ?」

「『殺人ライセンス』によって殺された人の怨念《おんねん》のメッセージがテレビから聞こえてくるんだって……」

「何よ、それ」

祥子が言った。「あたしも麻理も本気で怖がってるんだからね。そんな話を聞きたかったんじゃないよ」

「わかってるよ」

キュウは慌てた。「俺だって、もっとまともなこたえを期待していたんだ。オカルト系のページの掲示板に書き込んだのが間違いだった」

なんとか彼女たちの信用を取り戻さねばならないと、キュウは思った。

「あんた、麻理のために調べるって言ったでしょう。麻理に惚《ほ》れてんなら、もっとちゃんとやってよ」

キュウは、うろたえた。

麻理に惚れてるだって？

「違うよ。そんなつもりで調べるって言ったわけじゃない」

「言い訳しなくてもいい。わかってんのよ。告白する手間を省いてやったんじゃない。でもね、言っとくけど、あんたじゃ望み薄だけどね」

麻理が祥子を肘《ひじ》でつついた。

「祥子、やめてってば」

照れているように見える。誰もが認める美人。おとなしくて、成績もいい。スタイルもいい。

たしかに麻理は人気者だ。だが、本当にキュウはそんなつもりではなかった。

「俺は責任感じてんだよ」

キュウは言った。「やることはやるよ」

「ねえ……」

麻理が言った。「その何とかいうゲーム、本当に殺人事件に関係しているの？」

「ああ。俺はそう思っている」

「ならば、そんなことで殺された人は悔しい思いをしてるよね」

「死んじまったら、何にも考えられないよ」

「霊界からのメッセージって、案外、本当かも……」

麻理がそう言ったので、祥子が気味悪そうな顔をした。

「麻理……。ばかなこと、言わないで……」

「あたしだって、そんなこと、信じてないよ。でも、信じている人がたくさんいればそれは一種の事実になっていくんじゃない？」

「そんな……」

キュウは驚いて言った。「そんなことって……。事実っていうのは、そういうのとは違うんじゃないか」

麻理がキュウに尋ねた。

「じゃあ、事実ってどういうことよ」

「そりゃあ、実際に起きたことだよ」

「その殺人ゲームだかなんだかが、実際の殺人事件に関係しているって、信じているんでしょう？」

「ああ」

「それが、事実だと思っているわけだよね」

キュウはこたえることができなかった。

麻理はさらに言った。

「実際にその眼で見たわけじゃないでしょう？　証拠も何もない。でも、事実だと思っているんでしょう？」

「でも、それとテレビからの声とは違うよ」

「違わない」

麻理は言った。「信じる人が多ければ、それは事実と変わらないのよ」

キュウは納得できなかった。

だが、はっきりと反論はできなかった。祥子も何も言わない。意外そうな顔で麻理を見ているだけだった。

やがて、授業開始のチャイムが鳴り、会話は中断した。

＊

放課後、自宅に戻るとキュウは、警察に連絡しようとした。だが、どうやっていいのかわからない。警察といえば、一一〇番しか頭に浮かばない。

頭の中で言うべきことを整理して、携帯から一一〇番した。生まれて初めての体験だ。

電話はすぐにつながり、きびきびした女性の声が聞こえてきた。

「はい。一一〇番です。何かありましたか？」

「あの……」

キュウは、思わずしどろもどろになった。「殺人事件のことで、お話があるんですが……」

「どの殺人事件ですか？」

「目黒区で公務員が殺された事件と、大阪で中学生が殺された事件です」

「どのようなことですか？」

「両方の被害者を結びつけるものがあるんです。インターネット上のオンラインゲームで、『殺人ライセンス』っていうんですが、二つの殺人事件の被害者は、そのゲームのターゲットの特徴と一致するんです」

そのあと、キュウは住所、氏名、年齢、職業を尋ねられた。

「殺人事件に関する情報提供ですね」

相手は確認するように言った。

いたずらだと思って、はなから相手にしてくれないかと思ったが、そんなことはなかった。キュウはこたえた。

「はい。そうです」

「所轄の者がお話をうかがいに参ります。ご自宅のほうでお待ちいただけますか？」

「はい。待ってます」

キュウが電話を切って二十分後、玄関のチャイムが鳴り、母親の呼ぶ声が聞こえた。

玄関には、二人の制服を着た警官が立っていた。一人は、小太りで背が低い中年、一人は痩《や》せた背の高い若い警官だった。

母親が不安そうな顔でキュウを見ている。

キュウは母に言った。

「何でもないよ。ちょっと情報提供するだけだ。心配ないから、あっち、行っててよ」

母は不安げな面持ちのまま奥へ引っ込んだ。

小太りの中年警官が尋ねた。

「永友久さんですね」

キュウはうなずいた。

「はい」

緊張している。何も悪いことをしていなくても、警察官が訪ねてくると緊張するものだ。

「なんでも、二件の殺人事件について、情報提供があるとか……」

「はい」

キュウは、一一〇番にかけて話したことを繰り返した。

二人の警官は、不審げな表情でキュウを見ている。キュウは落ち着かない気分になった。

警官は、「殺人ライセンス」について尋ねた。キュウは、ゲームの内容や、そのゲーム自体が、ネット上に現れたり消えたりしていることを説明した。

うまく説明できたかどうかはわからない。また、二人の警官が、ネット上のオンラインゲームについて、どれだけ理解してくれたか疑問だった。

「つまり……」

中年の警官が、困惑したような表情で尋ねた。「二件の殺人事件の被害者を結びつける要素があると言いたいんだね？」

「そうです。両方とも、ゲームの中で殺人のターゲットとされていた人の特徴にすごく似ていると思います」

中年の警官と若い警官は顔を見合わせた。

信じていないように見える。キュウは言った。

「ゲームの最初のページのコピーを取ってあります」

若い警官が言った。

「それ、ちょっと見せてくれる？」

「いいですよ。僕の部屋にパソコンがあります」

二人の警官は、失礼しますと言って靴を脱いだ。

キュウはパソコンを立ち上げ、ハードディスクに入っていた「殺人ライセンス」のホームページのコピーを表示した。

「ここ見てください」

タクマに関する記述を指差した。「これって、大阪で殺された中学生の特徴と同じじゃないですか」

二人の警察官は、画面を見つめた。

やがて、若いほうの警官が言った。

「事件があったあと、君がこのページを作ったんじゃないのか？」

「そうじゃありませんよ。コピーを取った日のタイムスタンプが残っています」

キュウはページのプロパティーを開いて見せた。そこには、たしかにコピーを取った日の日付が残っており、それは、大阪の中学生殺人事件より明らかに前だった。

その事実を、二人の警官がどう思ったのかキュウにはわからない。二人は、ぼそぼそと何かを相談し、ぺらぺらの紙に何かを書き込んだ。

「君はパソコンとか、ゲームとかが好きなのか？」

中年の警官がキュウに尋ねた。

「ええ。まあ……」

「ほどほどにしておくんだな。何事も、やりすぎはいかん」

二人の警官は帰っていった。最後の一言が気になった。どうも、二人は本気にしていないような様子だ。

無力感を覚えた。

まあ、いいさ。

キュウは思った。警察には届けた。警察がどう考えるかは、知ったこっちゃない。

＊

相沢は、相変わらずパソコンと格闘していた。探偵を開業するにあたり、ぜひともホームページを作りたいと思った。だが、初心者の彼は、どうやってホームページを作っていいのかわからない。

誰か相談する相手が必要だと思っていた。パソコンに詳しい友人はいただろうか。考えてみたが、そんな知り合いはいない。

雑誌を見ると、簡単なホームページの作り方などという記事がある。だが、いざやってみると、わからないことが多い。

パソコンはまだまだ素人が扱える道具ではないと、またしてもつくづく思い知らされた。

ドアが開く音がした。見ると、麻理が立っている。相沢は、気にしなかった。どうせ水でも飲みにきたのだろうと思った。すぐに無言で部屋に引き上げるだろう。

時計を見た。深夜の零時を過ぎている。妻はすでに寝ている。妻はまだ相沢が探偵を始めるということには反対している。

戸口に立った麻理が、相沢を見ている。

相沢はそれに気づいて眉《まゆ》をひそめた。何かを話したがっているようにも見える。

ずいぶん長い間会話をしていない。相沢は戸惑った。

「何だ？」

相沢はそう尋ねた。それ以上の言葉が浮かばない。

麻理が言った。

「何してんのさ」

相沢は、目頭を揉《も》んだ。

「ホームページを作ろうと思うんだが、一人ではなかなかな……。誰かパソコンとかホームページに詳しい知り合いがいるといいんだが……」

「クラスに一人いるよ。紹介してやってもいいよ」

麻理がこんなことを言うのは意外だった。

「そりゃ、助かるな……」

「その代わり、そいつの話を聞いてやってほしいんだ」

「話を？」

「そいつは、ネット上に現れたり消えたりするゲームが現実の殺人事件に関わっていると信じている。そして、その殺人事件の被害者の声が霊界から深夜のテレビに届くって信じている連中がいるらしいんだ」

「何だそれは……」

相沢は、すぐには理解しかねた。

麻理が言った。

「探偵やるんでしょう。だったら、調べてよ。そのうち、その子連れてくるから」

それだけ言うと、麻理は部屋に引っ込んだ。

相沢は、麻理が立っていた場所を茫然《ぼうぜん》と見つめていた。

9

捜査本部の一期は二十一日間というのが慣例だ。すでに二週間が過ぎている。一期で片がつかなかった事件は、必ず長期化する。丸谷は、次第に捜査員たちの疲労の色が濃くなるのを眺めていた。

丸谷自身も疲れている。

捜査本部の中は、独特の臭いが満ちていた。煙草と汗の臭いが混じり合っている。それからストレスを溜《た》めた人間が発する独特の臭い。体育会の部室にも似ているが、もっとひどい臭いだ。

捜査員たちは、柔道場に敷かれた蒲団《ふとん》に寝泊まりしている。

丸谷は、口の中がねばねばして不快だった。寝不足のせいだった。顔にも脂が浮いている。風呂《ふろ》にゆっくりとつかってさっぱりしたかった。

だが、それも犯人を挙げるまでお預けだ。家にもずいぶん帰っていない。妻はすでにそういう生活に慣れている。いや、慣れているはずだ。

子供はいなかった。警察という社会は独特で、独身の警察官は信用されないし、子供がいない警察官も信用されない。貞淑な妻を持ち、子宝に恵まれた家庭が健全な家庭だと、いまだに信じられており、警察官はそれを実践しようとする。

離婚した警察官などたちまち出世街道から外れてしまう。

世の中の犯罪の多くは、家庭環境に原因があると、ほとんどの警察官が信じている。そして、そういう犯罪の原因を警察官自身が作ってはならないというのが不文律なのだ。

被害者の和田康治はストーカー行為を行っていた。ストーカー行為は今ではれっきとした犯罪とみなされる。だが、被害者はごく普通の中流家庭で育った。

和田康治は公務員だったが、父親も公務員だったという。一人っ子だが、まず問題のない家庭だった。

だが、彼はストーカーになった。そして、結局は殺されたのだ。ストーカーだったことが原因で殺されたのかどうか、はっきりしたことはまだわかってはいない。

だが、どう調べてもそれ以外の理由は見つからない。和田康治の生活は実に地味だった。これといった趣味もない。特に人付き合いが悪かったわけでもなさそうだ。

ときには、役所帰りに同僚と一杯やることもあったそうだ。彼の自宅には、裏ビデオが何本かあったが、これくらいのものは、男なら持っていても不思議はない。

新宿のビデオショップに行けば買える代物だ。もちろん違法だが、丸谷には関係のないことだ。生活安全課の仕事だ。

つまり、和田康治はごく目立たない男だった。役所での評判も悪くない。借金もない。ギャンブルにも興味はなかったようだ。

ストーカーの対象者であった町田晴美とは、デパートで知り合ったようだ。町田晴美は、化粧品会社の美容部員をやっていた。デパートなどで、客に化粧をしてみせるデモンストレーターだ。

当然見栄えもする。不細工な女に化粧をしてほしいと思う客はあまりいない。

おっと、これは口に出すとセクハラになるな……。

丸谷は、一人密《ひそ》かに苦笑を浮かべた。

隣に座っていたパートナーのエイキチがそれに気づいて尋ねた。

「何がおかしいんです？」

うるせえな……。

「何でもない」

「気持ち悪いですよ。書類読みながら、一人でにやにやするなんて……」

「ほっとけよ」

今や、苛立《いらだ》ちは捜査本部中に蔓延《まんえん》していた。肉体的にも疲れ果てている。エイキチからはかすかにコロンが香っている。

少しでも汗の臭いをごまかしたいのだろう。若者はいつの時代でもおしゃれだ。丸谷にもそういう時代はあった。身なりのことを気にしなくなったのは、いつからだろう。

たぶん、結婚してからのことだろう。

「なあ、エイキチ」

「自分の名前はナガヨシって読むんですけど……」

「いいじゃないか。みんなエイキチって呼んでるんだ」

「何ですか？」

「被害者な、どうして殺されたんだと思う？」

「そんなこと、自分にはわかりませんよ。捜査本部のみんなで、これだけ調べて確かなことがわからないんですから……」

「そういうことを訊《き》いているんじゃない。読みだよ。読み」

「そういうの、予断につながるからよくないんじゃないんですか？」

「教科書どおりにやってちゃ、刑事は務まらないよ」

「所轄の仕事のやり方と本庁のやり方は違うんじゃないですか？」

「ぶっ飛ばされてえのか、てめえ……」

「いや、自分は思ったことを正直に言っただけです」

丸谷は、まだこの本庁から来ている三田永吉という若い刑事の扱いに慣れていなかった。どうも、やる気があるようには見えない。だが、二週間付き合ってみて、ばかではないことに気づいていた。

やる気のない刑事よりばかな刑事のほうが始末に悪い。

「殺人事件の被害者ってのは、叩《たた》けば多少は埃《ほこり》が出てくるもんだ。だが、この和田康治ってのは、調べれば調べるほど、何というか、実にまっとうな生活をしている」

「あの……、電車ん中で注意した人が殴り殺される時代ですよ。今の世の中、いつ誰が殺されてもおかしくないと思いますがね」

「行きずりの殺人や、傷害致死の話をしているんじゃない」

「暴走族は理由なく人を殺しますよ」

「おまえ、刑事のセンスってものがあるのか？　だから、傷害致死とは違うって言ってるだろう。俺が言ってるのは、計画的な殺人の場合だ」

「この事件だって、行きずりの犯行かもしれないじゃないですか」

「鑑識の結果がそれを否定している。現場にはほとんど証拠らしい証拠が残っていない。凶器も発見されていない」

「でも、鑑取り捜査では何も浮かんでこないんですよ。ストーカーの件だって、被害にあっていた町田晴美とその彼氏には立派なアリバイがあるんでしょう？　町田晴美とその彼氏の川島肇は徹底的に洗ったんです。それでも何も出てこなかった。一方、被害者も、ほかに怨《うら》みを買っているようなことはなかった」

「だからさ……」

丸谷は苛立ちを募らせた。「捜査本部はほとんどお手上げ状態だ。だが、何か見落としていることがあるはずだ」

「だから、書類を見直していたというわけですか？」

「いや、これは仕事をしている振りをしていただけだ。どこを当たっていいのかわからない」

「仕事をする振りをするなら、外に出たほうがいいんじゃないですか？　捜査本部の中でくすぶっていたら、幹部や予備班の人に睨《にら》まれますよ」

「そういうことだけには頭が回るんだな。だが、無駄な労力は使いたくない。みんな体力が底を尽きかけている。主任だってそれを知っているから何も言わないんだ」

「みんな妙な事件だと言ってますけど、僕はそれほど妙な事件だとは思えませんね」

　丸谷は驚いた。

「どうしてだ？」

「誰かが被害者の部屋にやってきて、被害者を刺した。それは間違いないんです。密室でもなければ、死因がわからないわけでもない。鑑識は、徹底的に遺留品をかき集めているんでしょう？　衣類の繊維とか、毛髪とか、指紋とか……。そのうち、それと結びつく容疑者がきっと見つかりますよ」

「密室だ？　おまえ、ミステリマニアか？」

「ええ、まあ……」

　丸谷は、この若者の楽観的なところがうらやましくなった。

「なら、推理してみろよ。いったい、この事件はどういう事件なんだ？」

エイキチは、平然と言った。

「考えられることはそれほど多くはないと思いますよ」

「どんなことだ？」

「殺人マニアの犯行」

「何だって？」

「人を殺してみたかったと言って老婆を殺害した少年の犯罪があったでしょう？　誰かを殺してみたくて、細かい計画を練っていた人物がいた。そして、たまたま和田康治が被害者となった。つまり、行きずりの犯行です。そうなると、土地鑑のない犯人の可能性も出てきますね」

「殺人マニアだって……」

「それから、依然として誰かが殺人を依頼されたという線は無視できないと思いますよ。そうなると、町田晴美やその彼氏のアリバイも意味がなくなりますから……」

「もちろん、その線での捜査も進めているさ。鑑取りのほかの班が洗っている」

「都市化が問題なんだと思いますね」

「都市化？」

「都市は犯罪を生み出します。都市というのは、見知らぬ他人同士が肩を接して暮らしています。そこに緊張感が生じる。都市の住宅を考えてみてもそれがわかります。マンションでは、隣が何をしている人なのか知らないことも多い。普段の付き合いもない。

親しい人が多少騒音を出したとしても、ああ、賑やかだな、で済んでしまいますが、見知らぬ人が騒音を出すと腹が立つ。それで、殺傷沙汰《ざた》が起きる。満員電車もそうです。見知らぬ人と身を接しているとストレスが生じる。だから些細《ささい》なことで逆上して、人を殺したりするんです」

丸谷は、すっかり驚いてエイキチの顔をしげしげと見つめていた。エイキチは、おとなしい刑事だと思っていた。

何を考えているのかよくわからないやつだった。だが、話を聞いてみると、けっこう面白いことをしゃべってくれる。

「だがな……」

丸谷は言った。「東京や大阪は昔から大都市だ。少年の凶悪犯罪や、猟奇的な犯罪が増えたのは、最近のことだ」

「日本の大都市が、本格的に都市化したのは、高度経済成長からです。それまでは、東京にも下町の人間関係が生きていた。大阪などの関西でも、新興住宅地がさかんに造られたのは、高度経済成長のあとのことです。その時代は、まだ人間関係の規範が生きていた。やっていいことと、悪いことの区別を子供に教える家庭や地域の役割が生きていた。だから、多少のことは我慢できたんです。つまり、人が人との付き合い方を知っていたんですね」

エイキチの言うことはよく理解できた。

たしかに、丸谷が幼かった頃と今の日本の社会は違う。モラルの破壊は、さまざまな局面で起きた。六〇年代の全共闘運動などにも象徴される。あれがガス抜きになっていたという説もある。たしかに、鬱屈《うっくつ》した都市化のエネルギーが、あの激しい闘争によって解消された面もあるかもしれない。都市化は進み、人は人とだが、その後、破壊されたモラルはもとには戻らなかった。の付き合い方を学ぶことがなくなった。

今の若者は、そういう世の中で育っている。若者が犯罪に走るのも当然かもしれない。犯罪というのは、社会の歪《ゆが》みの反映なのだ。

「たしかにな……」

丸谷は言った。「まだ、人と人が付き合い方を心得ている時代にはストーカーなど犯罪にはなり得なかったかもしれない」

「そう。被害者の和田康治ね。デパートで見かけた町田晴美を出口で待ち伏せして声をかけたんでしょう。それくらいのことは、昔からよくあることですよ」

「もし、町田晴美が一人暮らしをしていなければ、和田康治はストーカーにはならなかったかもしれない。町田晴美が家族といっしょに暮らしていたら、和田康治を必要以上に恐れることはなかったし、和田康治の行為もエスカレートすることはなかった……」

「女性の一人暮らし。それも都市化の顕著な現象の一つですね。村社会では決して許されなかったことです。それだけ危険が増えた。一人暮らしの女性は当然身構えています。

他人の動向に自然に神経質になる。今や、東京の住人は、ほとんどが神経症といっていい。都市は本来人が生活をする場ではありません。生産活動と消費活動をする場です。そこで暮らす人は、自然と神経をすり減らしていくんです」

「たしかに、世界のどの国でも大都市は犯罪の多発地帯だ」

「最近は都市化より面倒な現象があります」

「なんだ？」

「仮想現実化とでもいいますか。携帯電話とパソコンの普及でネットの世界が発達した。都市では、まだ人と人が顔を接したり、会話をしたりします。でも、最近は、直接人と話をしない人も増えている。所得が増え、さらに少子化が進み、子供一人に一部屋が与えられるようになりました。その部屋にはネット世界への入り口であるパソコンや携帯電話があるんです」

「引きこもりも増えているしな……」

「そりゃ、自分の部屋が居心地がいいんだから、当然ですよ。部屋にいれば、携帯で誰とでも話ができるし、メールも使える。パソコンのキーを叩《たた》きゃ、いろんなところへ行ける。ただし、現実の世界でなく、ネット上の世界ですけどね」

「なんだか、子供たちがどんどん手に負えなくなっていくような気がするな」

「気がするだけじゃなくて、実際にそうです。そういう子供たちが、凶悪犯罪を引き起こしているんです。彼らは、人と人の関わりを学んでこなかった。誰も教えなかったんです。だから、人と対立したとき、どう対処していいかわからない。その結果、最も原始的な対応をするんです。つまり暴力を振るう。それも加減を知らないから、相手が死ぬまで殴りつづけてしまう」

「おまえの話を聞いていると絶望的な気分になってくるな……」

「自分はとっくに絶望してますよ」

エイキチはこともなげに言った。

丸谷はまたしても驚いてしまった。ただのやる気のない刑事だと思っていた。だが、そのやる気のなさの裏には社会への絶望があったということだろうか。

丸谷が黙っていると、エイキチは言った。

「長くなりましたが、結論です」

「結論？　何の？」

「丸谷さんが訊《き》いたんじゃないですか。今回の事件、どう思うかって……」

「そうだったな」

「僕は、この事件に、都市化や仮想現実化のにおいを感じます」

「都市化や仮想現実化のにおい？」

「殺人マニアや、依頼殺人……。自分がそう言ったのは、現実感を持たない犯人像が浮かぶからです」

「根拠は？」

「鑑取りがすべて空振りに終わっています。つまり、それは、人間関係が希薄だということなんじゃないですか？」

丸谷は考え込んだ。

都市化、そして、仮想現実化……。その言葉を頭の中で繰り返していた。

10

「永友君よ」

麻理がぶっきらぼうに言った。

相沢は、妙に照れくさい気分でうなずきかけた。

「やあ、いらっしゃい」

娘がコンピュータに詳しいクラスメートを連れてくるというから、男の子に違いないとは思っていた。

だが、実際に娘の男友達を紹介されると、どう対処していいのかわからない。向こうも照れているようだ。

眼鏡をかけたひょろりとした男の子だ。見かけは冴《さ》えない。麻理と付き合っているのだろうか。つい、そんなことを考えてしまう。

「お茶でもどうだ？」

「はあ……」

永友君と呼ばれた男の子は、おずおずと麻理を見た。

麻理は言った。

「そんなことより、パソコンでしょう？」

「ああ」

相沢は言った。「そうだな。こっちにある」

永友をリビングルームの端にある相沢の小さな城に案内した。書棚が一つとパソコンラックがあるだけのスペースだ。

妻の容子がにこやかに顔を出して、相沢は救われたような気分になった。容子の笑顔を久しぶりに見たような気がする。それが自分に向けられたものでなくても、気分がなごんだ。

「コーヒーでいいかしら？」

容子は妙にはしゃいでいる。娘のボーイフレンドが訪ねてきたことがうれしいらしい。何がそんなに楽しいのかと、相沢は不思議に思っていた。

永友は、パソコンの前に座り、スペックをいろいろと調べていた。CPUがどうの、最新のOSがどうの、メモリがどうのと、勝手にぶつぶつ言っている。信頼性の高いマシンだとも言った。どうやら、マシンをほめているようだ。

安いマシンを買ったのだが、選択は間違っていなかったようだ。相沢は少しばかりいい気分になった。

「ホームページを作りたいんですか？」

「そうなんだ。雑誌なんかを見ても、いまいちよくわからなくてな……」

「どんなホームページを作りたいんですか？」

「まあ、簡単にいうと仕事の宣伝だ」

麻理は、リビングルームの入り口に立って二人のやり取りを眺めていた。家族だけのときより愛想がいいように思える。やはり、外では仏頂面をしているわけではないのだ。

「あたし、着替えてくるね」

そう言うと、部屋に行った。

私に言ったわけではあるまい。相沢はそう思った。あくまでも、永友に言ったのだ。

永友は、パソコンのディスプレイを見つめたまま、返事をしなかった。

「ホームページ自体は、誰にでも作れます。ＨＴＭＬって、ただのテキストファイルだし、メモ帳でも作れます。それを、サーバーにアップロードしてやればいいだけです」

「そのサーバーにアップロードするってのが、よくわからない」

「プロバイダと契約してますか？」

「ああ。インターネットは毎日見ているからな」

「ならば、そのプロバイダでサーバーを貸しているはずです。そのサーバーに、ＦＴＰでファイルを送ってやればいいんです。いろいろなフリーソフトがありますよ」

何を言っているのかよくわからない。

「そのやり方を教えてほしいんだ」

「たしかに、HTMLはテキストエディタで作れますが、今ではいろいろな表現が使えます。Javaとか……。それに、テキストエディタでホームページを作る場合は、HTMLのタグを覚えなければなりません。これがけっこう面倒なので、市販のホームページ作成ソフトを使ったほうが簡単です。たいていの市販ソフトは、サーバーへのアップロード機能もありますし……」

「どのくらいするんだ？」

「値段ですか？　一万円くらいだと思いますが……」

相沢は懐とひそかに相談していた。パソコンというのは、買っただけではなく、いろいろと金がかかるものだ。

まるで、ボッタクリのフウゾクみたいだと相沢は思った。はい、ここまでは三千円、ここまでは五千円、この先は一万円てな具合だ。

「わかった。そのソフトを買おう」

「よかったら、僕、いっしょに行きますよ。どういうソフトがいいか、わからないでしょう？」

「それは助かる」

「問題はですね、どういうホームページを作るか。そして、どうやってアクセスしてもらうかなんです。せっかくページをアップロードしても、誰もアクセスしなければ意味がありません」

「どうすればいいんだ？」

「まず、魅力的なページを作ること。そして、さまざまな検索サイトに登録すること。あの……、仕事のページって言いましたよね」

「そうだ」

「どんな仕事なんですか？」

「麻理から聞いてないのか？」

「聞いてません」

「探偵だよ」

永友が初めてまっすぐに相沢の顔を見た。驚きの表情だ。

相沢は妙に照れくさくなった。そんなに驚かなくてもいいだろう。心の中でそうつぶやいた。

「探偵ですか。あの……、本当に探偵なんですか？　てっきり、会社員だと思ってました。そのページを作るんだとばかり……」

「会社は辞めた。リストラってやつだ。それで、探偵学校に通ったんだ。これから開業しようと思っている」

そこで、相沢は声を落とした。「家族の猛反対にあっているがな……」

「へえ……」

永友は、にわかに興味をそそられた様子だ。「探偵のホームページか……。面白そうですね。僕が作ってもいいですよ。掲示板も付けたほうがいいですね。昔はCGIを組まなきゃいけなかったんですが、今は使えるフリーの掲示板がいくらでもあります」

「掲示板というのは、誰でも書き込みができる、あれか？」

「そうです」

「それを、私のホームページに作れるのか？」

「ええ。簡単なことです」

「そりゃいい」

「しばらくはメンテナンスも僕がやってもいいですよ」

「そうしてもらえると助かるよ」

「じゃあ、コンテンツの相談をしましょう」

「コンテンツ？」

「ホームページに載せる内容です」

「まずは宣伝と、依頼の受付だな。ほかの私立探偵のページを見たことがある。掲示板で無料相談を受け付けているところがあった。あれもPRの一環だと思う」

「その手は使えますね」

それから、二人はあれこれとアイディアを出し合った。相沢はすぐに永友と打ち解けた。自分より知識のある若者を素直に尊敬できた。永友は言った。

「キュウと呼んでください。みんなそう呼んでるから、そのほうが気が楽です」

相沢は、そうするとこたえた。

麻理がリビングルームに戻ってきた。最近では、食事時にしか姿を見せない。しかも、いつもより多少はおしゃれをしているせいで、新鮮に見えた。顔までがいつもと違って見えた。いつもよりずっとかわいく見える。

なるほど、これが外向きの顔なのかと思った。

「お父さん、例の話、聞いてくれるんでしょう?」

相沢に話しかけるときだけは、ぶっきらぼうだ。

「そうだったな」

相沢は、永友……いや、キュウに言った。「なんか妙なゲームがあるんだって?」

キュウは、驚いた様子で麻理の顔を見た。

麻理はキュウに説明した。

「パソコンのことを教えてもらう代わりに、そのゲームやテレビからの気味の悪い声のことを調査してくれるって言うのよ。探偵ならそれくらいできるはずだからね」

皮肉な口調だ。相沢にそんなこと、できっこないと思っているような口振りだった。

キュウは、相沢を見て言った。

「本当ですか? 調べてくれるんですか?」

「ああ。だが、インターネットがらみの話なんだろう? 君の協力も必要だと思う」

「話を聞いてくれるんですね」

キュウはうれしそうだった。きっと、誰もまともに取り合ってくれないのだろうと思った。今後、探偵を始めれば、いやというほどこういう話に付き合わなければならないに違いない。

まずは、話を聞くことにした。

キュウは話しはじめた。

ネット上にある「殺人ライセンス」というゲーム。それは、神出鬼没だ。相沢にはどういう仕組みになっているのかわからないが、ネット上にアドレスを変えて不定期に出没するとキュウは言った。

そのゲーム上での殺人が、現実の世界で実際に起きているとキュウは言う。東京の目黒区で起きたストーカー殺し、そして、大阪で起きたいじめが原因と見られる殺人。その被害者が、ゲーム上でターゲットにされていたという。

「待てよ」

相沢はキュウの話が一段落したところで言った。「目黒の事件は、私の知り合いが担当しているはずだ」

「刑事さんなんですか？」

「ああ。高校時代の知り合いだ。目黒署の刑事をやっているが、今その事件の捜査本部にいるはずだ」

です」

「僕、この話を警察にしたんです」

「警察に？　それで？」

「制服を着たお巡りさんが、二人やってきて話を聞いていきました。でも、それっきりです」

「近くの交番の警官が話を聞きに来たんだろう。その話が捜査本部まで届いているかどうかわからんな」

「そんな……。重要な情報かもしれないじゃないですか」

「もし、捜査本部の人間ならそう考えたかもしれない。でも、被害届とか相談事とかは現場で握りつぶされてしまうこともあるそうじゃないか。それで、昨今ずいぶんと問題になっていた」

「ああ、ニュースになりましたね」

「とにかく、そのゲームをこの眼で見てみたいな」

「僕も二回見ただけです。なかなか見つからないんです」

「今度見つけたときは連絡してくれ」

「わかりました」

麻理が妙に苛立《いらだ》った様子で言った。

「霊界からの声のことはどうなったのよ」

相沢は思わず尋ねた。

「霊界からの声？」

麻理は相沢のほうを見なかった。キュウの顔を見たまま言った。

「放送が終わってからテレビをつけっぱなしにしてたりすると、霊界からの声が聞こえてくる。あたしも聞いたことがあって、それは、その殺人事件の被害者の声だって……」

相沢は、キュウの顔を見た。話がおかしな方向に向かっている。

「ゲームが殺人の予告をしているというところまでは理解できないでもない。しかし、その霊界からの声ってのは……」

キュウはうなずいた。

「それは、まったく別の話だったんです。でも、いつの間にかネットの世界で結びついてしまって、いかにもオカルトじみた話になってしまったんです」

「じゃあ、そのテレビからの声というのは……」

「霊界からの声だと信じている人はけっこういます。なんでも、昔そういう実験をした科学者がいたとかで……」

「そんなこと、あるはずがない」

相沢が苦笑まじりに言うと、麻理が怒りを込めた声で言った。

「あたしも聞いたのよ。祥子も聞いたって言ってた。同じ日によ」

「祥子？」

相沢が尋ねると、麻理ではなくキュウがこたえた。

「同じクラスの子です」

相沢は思い出した。そういえば、妻の容子から聞いたことがある。麻理が放送終了後のテレビから妙な声が聞こえたと気味悪がっていたらしい。

相沢は麻理に尋ねた。

「どんな声だった？」

麻理は、相沢と眼が合うと仏頂面になった。あくまでも相沢とは話をしたくないようだ。眼をそらして言った。

「なんか、うめくような声だよ」

「何を言っていた？」

「わかんないよ。ただ、人の声であることは、間違いなかった」

「僕、ネットで調べてみたんです」

キュウが言った。「いろいろな掲示板とかに書き込んで……。わからないことがあると、たいていそうやってみんなに訊《き》くんです」

「便利なもんだな」

「便利な面とそうでもない面があります。ちゃんとしたことを真面目にこたえてくれる人ばかりじゃないんで……。面白半分にでたらめなことを書き込んだり、ばかにしたようなことを書き込んだりする人もいますから……。そのせいなんですよ」

「そのせい？」

「深夜、放送が終わったあとのテレビから声が聞こえるってことは、実際にあったんだと思います。実際に麻理さんや祥子が経験してるんですから……。それには、ちゃんとした理由があるはずです。でも、オカルト好きの連中は、それを霊界からの声だと断定してしまったんです」

「なるほど……」

「あるサイトでは、それがすでに当たり前のことのようにいわれています。そうなると、それが、いわば常識のようになっていくんです」

「既成事実化するわけだな？」

キュウはきょとんとした顔をした。今時の高校生は、こういう言葉を知らないのかもしれない。

相沢が高校生時代は、まだ全共闘運動の名残があり、難しい言葉を覚えることが流行《はや》っていた。時代が違うのだ。

「つまり、すでに実際にあったこととして認められてしまうわけだ」

「そういうことです。そのキセイジジツカです。そして、それが『殺人ライセンス』と結びついてしまったんです。誰かが面白がって言いだしたのかもしれません。それを本気にするやつがいるんです。いや、誰も本気にはしていないのかもしれない。面白がって話を広めているだけなのかも……。でも、面白がっている反面、みんな怖がっているんです。そして、話が広まるにつれ、それが、またキセイジジツカしていくんです。おかげで、『殺人ライセンス』の話は現実味を失ってしまいました」

「都市伝説だな……」

相沢はつぶやいた。

「なんですか？　都市伝説って」

「知らないか？　トイレの花子さんとか、口裂け女とか、なんちゃっておじさんとか……」

キュウは肩をすくめた。

「さあ……」

「そうか。やっぱり時代が違うんだな。トイレの花子さんや口裂け女ってのは、一種の怪談だ。いろいろなパターンがあるが、学校なんかの噂話として、全国に広まった。一時期、誰もが知っていた。不思議なのは、ネットもまったく発達していない時代だったにもかかわらず、日本全国に同じような噂話が同時発生したということだ。都市を中心に囁《ささや》かれていた噂話なので、都市伝説、アーバンレジェンドといわれた」

「へえ……」

「昔の伝説や昔話というのは、大人が子供に何かを教えるために語り伝えた。子供が言うことを聞かないと、山から誰それが下りてきてさらっていくぞ、みたいにね。だが、都市伝説の特徴は、子供たちの噂話として広まった点だ」

「どんな話なんです？」

「例えば、口裂け女だが、街角なんかで、マスクを付けた女の人に声をかけられるんだそうだ。あたし、きれい？　と訊かれる。きれいだとこたえると、マスクを取り、これでもきれい？　と言う。見ると、口が耳まで裂けているという話だ。いろいろなバリエーションがあり、口裂け女に会うと、数日後に死んでしまうという話もあった。そして、それを避けるためにはどうしたらいいかというまじないが流行った」

「そういうの、今でもありますよ。女の子は、おまじないが好きみたいですね。好きな人と結ばれるまじないとか……」

時代は変わったが、変わらない一面もあるということだ。

「昔の都市伝説は、人から人へ口づたえで伝わっていった。その大きな役割を果たしたのはやはり学校だった。そしてラジオの深夜放送がそれを助長したりした」

キュウは、すべて理解したと言いたげに何度かうなずいた。

「今は、ネットがその役割を果たしているというわけですね」

「そういうことらしいな」

「それ、マジでヤバイような気がするな。ネットって、ちょっと特殊な世界なんですよ。文字で言葉のやり取りをするじゃないですか。そうすると、例えば五くらいの気持ちで書いたことが、十にも二十にもなって伝わっちゃうんです。だから、ネット上では喧嘩《けんか》が絶えないし、逆にネット上だけで恋愛ができちゃったりするんです。つまり、濃いんですよ。一度、噂が一人歩きしたら、どんどん膨らんでいくし、膨らむだけでなくて、深くなっていっちゃうんです」

相沢はまだそれを実感できていない。

「ちょっとそのネット上での噂話というのを、覗《のぞ》いてみようじゃないか」

キュウは、うなずき、ブラウザを立ち上げて、URLを打ちこんだ。キータッチがものすごく速くて、相沢はさすがだと思った。

「URLを暗記しているのか？」

「ポータルサイトだけを覚えておけば、リンクをたどっていろんなところに飛べますよ」

「ポータルサイト？」

「ああ、リンクを集めてある入り口みたいなサイトですね」

たちまち、オカルトじみたページにたどりついた。そこの掲示板を読む。キュウの言ったとおり、話がどんどんエスカレートしていく過程が見て取れる。今では、すっかり、深夜のテレビの声は霊界からのメッセージということになっており、それが、「殺人ライセンス」と結びついている。

今度、霊界からのメッセージが届くのは、次の犠牲者が出てからだというような書き込みがある。本気なのか冗談なのかわからない。

面白半分のようにも思える。だが、それが文字となって多くの人に読まれる。書き込んだ人間は、その影響をまったく考慮していないようだ。いや、何らかの影響があれば、それをまた楽しむのだろうか。顔が見えないから、なんでもできる。

しばらく、読み進むうちに、相沢はうんざりとした気分になってきた。書き込みの文字が何か禍々《まがまが》しいものに感じられる。

中には、他人を明らかに嘲笑《ちょうしょう》した感じの文面がある。その悪意が直接伝わってきて、当事者でなくても嫌な気分になってくる。

発言は概して無責任だ。

キュウが言ったとおり、「殺人ライセンス」そのものが、オカルトじみたゲームということになっていた。実際には、存在しないゲームだというのだ。

それは霊界のゲームであり、実際に人の運命を左右しているということになっている。そのゲームのターゲットになった者は、ゲームの進行と同様に、必ず殺される。そして、殺された被害者は、そのあまりの無念のために、霊界からのメッセージを、放送終了後のテレビに向かって発信しているという。

完全な都市伝説だ。

いくつかのホームページを回り、キュウとともに書き込みを調べていった。いつの間にか、後ろに麻理が来てディスプレイを覗き込んでいた。

キュウは掲示板だけを集めている有名なホームページに飛んだ。いくつかのジャンルを覗いて彼は言った。

「やっぱりスレッドが立っている」

「スレッド？」

「テーマごとの掲示板です。ほら……」

相沢はそこを覗いた。

話題はいっそうエスカレートしていた。知り合いの誰それが、「殺人ライセンス」のターゲットにされて、死んだという書き込みまである。

本当か嘘かはわからない。確かめようがないのだ。

「これがみんなでたらめだとしたら、えらい無責任な発言だな」

キュウは肩をすくめた。

「顔が見えませんからね。何を言うにも気が楽なんですよ」

「匿名性のおそろしさだな」

「本当は、ちっとも匿名ではないんですけどね。調べようと思ったら、どこの誰かは必ずつきとめられます。でも、それはひどく面倒なんです。特に、プロキシサーバーなんかを経由していると……」

「プロキシサーバー……?」

「プロバイダとプロバイダを直接つなぐんじゃなくて、その間に迂回路《うかいろ》としてサーバーを噛《か》ませるんです。回線が込んでいるときは、バイパスのように使えますし、相手に自分のIPアドレスが届かないので、匿名性が増します」

この辺になると、相沢はお手上げだ。キュウの言っていることはなんとなくわかるが、それが実感できない。

「どうして匿名性が増すんだ？」

「ホームページを見るときは、自分のプロバイダと相手のプロバイダを回線を通してつなぎます。そのとき、自分のＩＰアドレスが相手のプロバイダに残るのです。でも、プロキシサーバーを噛ませると、自分のＩＰアドレスは、プロキシサーバーにしか残らず、相手のプロバイダには、プロキシサーバーのＩＰアドレスが残ります」

「ＩＰアドレスって？」

「インターネットにつなぐときにコンピュータ一台一台に割り振られる数字です。電話番号みたいなもんですよ。だいたい、192.168.0.1なんて感じで割り振られます。このコンピュータにも割り振られているんですよ。それをたどれば、結局はアクセスしているる人間がわかる。でも、手間がかかるから滅多にそういうことをするやつはいないし、最近、ネット上にはそういう知識がない人もいっぱい参加しているから、結局匿名と同じことになってしまうんですね」

「もう、そんなことはどうだっていいの」

後ろで、麻理が苛立《いらだ》った声を上げた。「噂はどんどん広がっていくんだよ」

キュウは振り向いた。

「おまえ、信じる人が多ければ、それは事実と変わらないと言ったたな」

麻理を親の前で「おまえ」と呼んだ。学校ではいつもそうなのだろう。ちょっとひっかかったが、相沢は気にしないことにした。

「そうだよ」

麻理はこたえた。「この噂が事実として通用するようになるんだよ」

「世の中の人はそんなにばかじゃないと思うぜ」

「ばかとか利口とかの問題じゃない。噂が広まった経過を知っている人は、ばかばかしいと思うかもしれない。でも、初めてこの噂に接する人は、怖いと感じるでしょう」

一理あると相沢は思った。

人間というのは、理性だけで生きているわけではない。頭でばかばかしいと思っても、恐怖を感じるに違いない。それが、都市伝説をはびこらせるのだ。

「でも、事実は事実だ」

キュウが言った。「嘘っぱちが事実としてまかり通るなんて、僕はいやだ」

「この世にどれくらい、事実があるってのよ。まやかしばっかりだわ。政治家は嘘ばっかりついているし、新聞だってテレビのニュースだって、どれくらい本当のことを伝えてるか、誰にもわからないじゃない」

「だからって事実とまやかしが同じだってことにはならない。今の世の中がどうであれ、事実は事実、嘘は嘘だ」

キュウは同じことを繰り返している。男は口では女には勝てない。相沢は、キュウに味方したくなった。

「キュウ君」

相沢は言った。「君はどうしたいんだ？」

キュウは相沢を見た。

「まず、『殺人ライセンス』が実際に起きた殺人事件と関係があるということを明らかにしたいんです。そして、深夜のテレビの声が、『殺人ライセンス』とは何の関係もないことを明らかにしたい」

相沢はうなずいた。

「わかった。麻理が、私に調べてくれと言った。初めての依頼者だ。その調査を引き受けよう」

「調査してくれるのはうれしいんですけど、お金、かかるんでしょう？」

「麻理が言っただろう。ホームページを作ってくれることと、インターネット関係の調査を手伝ってくれることでチャラだ」

「本当ですか」

キュウは喜んだが、実を言うと相沢は、自分のほうが得をしているのではないかと思った。キュウはたいしたことだと思っていないようだが、ホームページ作成を業者に頼むと、ちょっとした金を取られるようだ。

「まずは、丸谷に電話をしてみよう」

相沢が言った。

「丸谷って誰です？」

「捜査本部にいる刑事だ」

＊

丸谷は、外から戻って一息ついたところだった。エイキチと歩き回ったが、収穫はなかった。見当外れのところを捜査しているような気がして苛立っていた。

そこに相沢からの電話が入った。

またか……。

私立探偵になりたいというのなら、止めはしない。多少の面倒を見てやってもいいと思っている。だが、今は捜査本部《チョウバ》が立っている真っ最中だ。相沢に付き合っている時間的な余裕も精神的な余裕もない。

丸谷は、うんざりとした気分で電話に出た。自然と不機嫌な声になる。

「なんだ?」

「今、ちょっと話せるか?」

「おい、俺は今仕事中なんだ。暇になったらまた相談に乗ってやる」

「そうじゃない。事件に関することだ」

「事件だ? 何の事件だ」

「おまえが今関わっている事件だよ。確認したいことがある。三鷹に住む高校生から情報提供があったと思うが、捜査本部では検討されたのか?」

丸谷は眉《まゆ》をひそめた。

「高校生からの情報提供？　なんだそれは」

「知らないのか？」

「少なくとも、俺は聞いていないな」

「永友久という少年だ。彼は、一一〇番に通報して、その後、制服を着たお巡りさんが二人訪ねてきたと言っている。その二人に、話をしたんだ」

「所轄の地域係だろう」

「じゃあ、捜査本部では取り上げられていないということなんだな？」

「そうだ」

丸谷は、少しだけ気になってきた。今は、どんな情報でもほしい。「いったい、どんな話なんだ？」

「ネット上に不定期に出没するゲームがあるらしい。『殺人ライセンス』というタイトルだそうだ。ターゲットを決めて、殺人の方法を競うゲームだ」

丸谷は舌打ちした。

「ばかなことを考えるやつがいるもんだ」

「殺された和田康治は、そのゲームのターゲットになっていたらしい。事件が起きる前に、だ」

丸谷は、相沢が言っていることが理解できなかった。

「つまり、ゲーム上の殺人が実際に起きたということだ。それだけじゃない。大阪で中学生が殺された事件があるな。あの被害者も、その『殺人ライセンス』というゲームの中でターゲットにされていたというんだ」

「何だそれは……」

「待てよ……」

丸谷は言った。「ゲームが殺人の予告をしていたということか？」

「予告かどうかはわからない。だが、何かの関連があると考えていいんじゃないのか」

「待てよ。おまえ、なんでそんなことに首を突っ込んでるんだ？」

「通報した少年は、娘のクラスメートだ。それに、俺は探偵だからな」

丸谷は時計を見た。すでに、午後八時が近づいている。八時からは捜査会議がある。

迷った末に言った。

「これから、話を聞きに行く。どこへ行けばいい？」

「俺の家だ。永友君もここにいる。住所を言う」

丸谷は、相沢の自宅の住所をメモした。電話を切ると、エイキチに言った。

「おい、出かけるぞ」

「捜査会議が始まりますよ」

「会議より面白い話が聞けるかもしれない。おまえ、会議に出たいなら、俺一人で行くぞ」

「行きますよ」
エイキチは慌てて立ち上がった。
所轄の地域係め。
話を聞いたあと、所轄署に寄って、何を考えてるんだと怒鳴りつけてやろうと思った。
それもこれも、まず、話を聞いてからだ。
ネット上のゲームか……。
丸谷は考えた。
こいつは、エイキチの推理とも重なるじゃないか。

11

相沢は、丸谷がやってくるのを、キュウと二人で待っていた。キュウはいったん自宅に戻って、「殺人ライセンス」の最初のページをコピーしたディスクを持ってきていた。

キュウは、そのディスクを、相沢のコンピュータに差し込み、画面にファイルの中身を呼び出した。

真っ黒いバックに深紅の文字が浮き上がる。趣味が悪い。相沢はそのデザインにも悪意を感じて、嫌な気分になった。

「これ、次のページには飛べないのか?」

相沢は尋ねた。

キュウはかぶりを振った。

「リンク先のサーバーにすでにデータがなくなっています。クリックしても『ページが見つかりません』というメッセージが出るだけです」

相沢にもなんとなくわかってきた。

一つのページには、ほかのページへのアドレスが埋め込まれている。そのアドレスというのは、データが保存されているサーバーの名前とファイルの名前だ。サーバーの中にデータがなければ、当然表示されないわけだ。

リンク先のページも、画像も同様に処理されているということがわかってきた。ページに画像を埋め込む場合は、画像にリンクを張り、画像データをサーバーにアップロードしておかなければならない。

それくらいの知識は、今では誰でも持っているのだろう。一度理解してしまえば、どうということはない。しかし、ホームページの知識がなかった頃にはちんぷんかんぷんだった。

電話を切ってから約一時間後に、丸谷が現れた。若い刑事を連れていた。

丸谷はその刑事を、三田エイキチと紹介した。刑事は、「ナガヨシです」と抗議した。永吉と書くのだろう。

「三鷹署の地域係に情報提供したというのは、本当か?」

丸谷は、玄関先で尋ねた。

「まあ、上がってくれ」

相沢は、丸谷をリビングルームに案内した。その一画に相沢のパソコンがある。

妻は、緊張した面持ちで茶を出した。刑事が訪ねてくると伝えると、露骨に嫌な顔をした。世間体が悪いと思っているらしい。

別に私が悪いことをしたわけではないと、相沢は思った。しかも、丸谷は高校時代の友人だ。

麻理は中途半端なところにいた。台所とリビングルームの間に立っている。キュウを連れてきたのは麻理だが、今ではすっかり取り残されたような形になっている。機嫌をそこねているに違いないと相沢は思った。

だが、相沢は妻の容子にも麻理にも、何も言ってやることはできなかった。何を言っても相手にされないのではないかという思いがある。

相沢はキュウを丸谷に紹介した。

「永友久君だ。彼が一一〇番して、情報提供したんだ」

「そういうときは、直接捜査本部に電話をしてほしいな。一一〇番通報というのは、緊急時に電話する番号なんだ」

丸谷は、しかめ面で言った。

相沢は抗議した。

「一般人は、捜査本部の電話番号など知らない。警察に電話をするといえば、一一〇番しか思い浮かばないんだ」

丸谷は、ちょっとばかり不満そうな顔をしていたが、やがてうなずいた。彼は、キュウを見て言った。

「すまないが、もう一度詳しく話してくれませんか」

キュウは落ち着かない様子で、相沢を見た。相沢はうなずいて見せた。キュウは丸谷に話しはじめた。

「まず、これを見てください」

キュウは「殺人ライセンス」の最初のページのコピーを画面に呼び出した。「これが、『殺人ライセンス』です。不定期にネット上に現れます。しばらくはアクセスできますが、すぐに消えてしまいます。サーバーを渡り歩いているんです。しかも、どうやら、アメリカなど海外の無料サーバーを使っているようです。いつ、どこに現われるかは予測できません」

相沢は、キュウの話を聞きながら、自分の知識を確認していた。

「殺人ライセンス」に参加するためには、メールアドレスを書き込まなければならない。それは危険な行為だが、ゲームに参加するためには仕方がない。

ターゲットが用意されている。簡単にいうと、そのターゲットをどうやって殺すかを競うのが、このゲームだ。

最初、キュウがこのゲームを発見したとき、ヤスジという男がターゲットにされていた。ヤスジの職業は公務員で、ストーカー行為である女性に迷惑をかけていたということだ。

次にキュウが見つけたときには、タクマという男性がターゲットになっていた。タクマは中学生で、いじめの首謀者だった。

「これって、実際にあった事件とキャラクターも名前も一致するでしょう? 最初のターゲットの名前はヤスジ。たしか、目黒区で殺されたストーカーの名前、康治でしたよね。ヤスハルだけど、ヤスジとも読めるでしょう?」

キュウは言った。「そして、大阪の中学生殺し。『殺人ライセンス』のターゲットの名前はタクマ。こっちの被害者の名前は、報道されなかったけど……」

エイキチと紹介された若い刑事が言った。

「塩崎琢磨《しおざきたくま》」

丸谷はエイキチを睨《にら》んだ。

「余計なことは言わなくていい」

エイキチは、平気な顔で肩をすくめた。

「『殺人ライセンス』のターゲットになった人たちが実際に殺されているんです」

キュウは説明を続けた。「これ、偶然じゃありません。ネット上に不定期に出没するっていうのも普通じゃないし……」

「エッチページだと、珍しいことじゃないけどね」

エイキチが言った。「けっこう、サーバーを渡り歩いて、違法な文書を公開しているやつらはいますよ」

「違法文書?」

丸谷が尋ねた。

「つまり、エッチ画像です」

丸谷は、顔をしかめてエイキチからキュウに眼を戻した。

「よくわからないんだが……」

丸谷が言った。「ゲームのターゲットにされた人間が殺されるって、どういう仕組みになっているんだ？」

相沢もその点が気になっていた。

キュウは、思案顔になった。

「僕にもよくわかりません。でも、おそらく、ゲームが犯罪の計画と検証の場になっているのだと思います」

「犯罪の計画と検証の場？」

「はい。僕もちょっとだけやってみたんです。でも、すぐにゲームオーバーになってしまいました。ちょっとでもドジを踏むと、殺人は成功せずに、ゲームが終わってしまうんです。誰かに発見されたり、目撃されて逮捕されたり……」

キュウが言うと、エイキチが興味をそそられたような顔をした。

「すると、そのゲームでは、完全犯罪を目指して知恵を競い合うというわけだ」

丸谷がエイキチを睨んだ。

「完全犯罪なんてものは、あり得ない」

「実際に、捜査は難航しているじゃないですか」

相沢は、それを聞いて、思わず丸谷に尋ねた。

「捜査は難航しているのか？」

丸谷はみるみる機嫌が悪くなっていった。もともと愛想のいいやつではない。それがさらに仏頂面になった。

丸谷は、相沢の問いにはこたえず、エイキチに言った。

「余計なことはしゃべるなと言ってるだろう」

エイキチはそれでも平気な顔をしている。

キュウが話しだすタイミングを計りかねている。相沢はキュウに言った。

「なかなかうまくいかないというのはわかった。だが、そのゲームで完全犯罪を成功させるやつもいるわけだな？」

キュウはうなずいた。

「すっごいマニアなら、なんとかなるでしょうね。ゲームマニアとか、ミステリマニアとか……」

丸谷とエイキチが相沢とキュウのやりとりに注目した。

相沢は言った。

「そのゲームをやり遂げるということは、つまりは、殺人の計画とその検証をやり終えることを意味していると、君は言いたいんだね？」

「そうです」

「じゃあ、そのとおりに実行すれば、完全犯罪が成立すると……」

「待て待て待て……」

丸谷が声を上げた。「そんなことはあり得ない。そんなふざけたことがまかり通るはずはない。ゲームで殺人の計画をするだと？　冗談じゃない」

キュウがうなずいた。

「そう。とんでもない話ですよ。でも、実際にそれが行われていると、僕は思うんです」

エイキチが思案顔でキュウに尋ねた。

「じゃあ、そのゲームの管理者が犯人だということか？」

「それはわかりません。ゲームの参加者かもしれませんし……」

「なるほどな……」

エイキチはさらに考え込んだ。「君の言うとおりだとしたら、鑑取りで何も出てこないわけだ。犯人と被害者のつながりはない」

丸谷は、眉間《みけん》にしわを寄せてエイキチとキュウを交互に見つめている。しばらく沈黙が続き、やがて、丸谷が言った。

「犯人と被害者のつながりがないだって？」

エイキチはうなずいた。

「そうですよ。ゲームの管理者か参加者かわかりませんが、つまり、犯人は被害者には何の怨《うら》みもない。おそらく会ったことすらないでしょう。純粋に殺人の方法だけを考えるわけですからね」

相沢は、ぞっとした。キュウの言うことが本当なら、実際の殺人がゲームと同じ感覚で行われたことになる。

人が人を殺す。相沢にとっては、それは社会的に許されない行為であり、たいへんおそろしいことだ。それが当たり前の感覚だと思っていた。

だが、そう感じない人々がいる。それが、確実に増えているのではないかという不気味な思いにとらわれた。

そういえば、最近動機がはっきりしない殺人が増えているような気がする。そして、その犯罪の実行者は、たいてい若い世代だ。

何かが狂ってきている。

いつからかはわからない。どこがどう狂っているのかもわからない。だが、たしかに、世の中は、相沢の感覚からすればおかしくなっている。

だが、おかしいと感じるのは、相沢が育った環境のせいだ。

例えばキュウや娘の麻理は、相沢が狂っていると感じている世の中しか知らないのだ。

相沢は、危機感を覚えた。いや、正確にいうと危機感ではない。無力感だ。

こんな世の中にしてしまったのは、自分たちでしかない。政治が悪いと言う者もいるだろう。だが、その政治を選択してきたのは、相沢たちなのだ。

政治などに関心はなかった。だが、それでは済まされない。関心がなかったこと自体が罪だと言われれば反論はできない。

こういう世の中に向かうように日本を運営してきた政府を放置してしまったのは、その無関心のせいでもあるのだ。

相沢は暗澹《あんたん》たる思いだった。

「ばかを言うな」

丸谷は言った。「犯人と被害者はどこかでつながるさ」

相沢は、ちょっとばかり驚いて丸谷を見た。その自信に満ちた口調に驚いたのだ。エイキチも意外そうな顔で丸谷を見ている。

丸谷は言葉を続けた。

「もし、永友君の言うとおりだとしたら、ゲームのターゲットが被害者なわけだな。じゃあ、そのターゲットはどういうふうに選択されたんだ？」

相沢は丸谷の言いたいことがわからず、無言で見つめていた。エイキチも眉間にしわを寄せたまま丸谷の顔を見つめている。

キュウがこたえた。

「ターゲットを登録するページがあるんです。参加者がターゲットのプロフィールを登録するんです」

「ターゲットの本名とか住所とかは、明らかにされるのか？」

「いいえ。僕が見たのは、ヤスジとタクマという名前と、そのプロフィールだけです」

「そして、ゲームが始まる。そして、誰かがゲームの中で殺人をやり遂げるわけだ」

「そうです」

「そこで、殺人計画が出来上がったとする。だが、ゲームに参加した人間は、ターゲットの実名も住所も知らないわけだ」

キュウは、あっという顔をした。

「たしかにそのとおりです。ゲーム参加者は、ヤスジとか、タクマとかいう名前を知っているだけです」

「じゃあ、犯人とそのターゲットをつなげた誰かがいたわけだ。あるいは、ターゲットと犯人をつなげる何かの手段があったはずだ」

エイキチが、片方の眉《まゆ》を吊《つ》り上げた。ちょっと感心したような表情だ。

「ターゲットと犯人をつなげる何か。そこに動機も隠れていると……」

丸谷はうなずいた。

「当然だろう。理由もなく人が殺されるものか。一見、動機のない殺人に見えても、必ずどこかに動機はある」

なるほど、これがプロの考え方というものか。

相沢は感心した。と同時に、丸谷に学ばねばならないと思った。相沢もプロになろうとしているのだ。

「あの……」

キュウが言った。「じゃあ、僕の言ったこと、信じてくれるんですね？」

丸谷は答えた。

「情報の提供には感謝します。そのゲームが、直接二件の殺人事件に関わっているかどうかはまだわからない。しかし、話を聞いたところでは、何らかの関係がありそうだ。調べてみる価値はあると思います」

エイキチが言った。

「目黒の事件と大阪の事件が、連続殺人だった可能性も出てきましたね」

丸谷は否定しなかった。

「連続殺人かどうかはわからんが、関係はあるかもしれない」

「本庁の生活安全部には、ハイテク犯罪対策総合センターがあって、ハイテク犯罪専門の捜査員もいます」

エイキチが言った。「その連中の協力が必要ですね」

丸谷は、依然として厳しい表情だった。

「そういうことは、捜査本部が判断することだ。まずは、この話を捜査本部に持ち帰って判断を仰ぐしかない」

エイキチは、急に冷めた表情になった。

「頭の固い連中が多いですからね。どれくらいの人が本気にしてくれるか……」

「それを説得するのも、俺たちの役目だ。それにしても、ここの所轄の地域係がもっと早く知らせてくれれば……」

　相沢は言った。

「私が電話しなければ、情報は捜査本部に届かないままだった」

　丸谷は、不機嫌そうにちらりと相沢を見ただけだった。

　エイキチが言った。

「それが、今の警察の現状ですよ」

　丸谷は、エイキチを睨《にら》んだ。だが、何も言わなかった。

　丸谷とエイキチは、型どおりの礼を言うと玄関に向かった。靴をはいた丸谷は、ふと気づいたように相沢に言った。

「探偵になるという件だが……」

「ああ。そのためにパソコンを買い込んだ。調査や顧客の管理に役立つだろう。宣伝用にホームページを作ろうと思う」

「ご家族には話したのか？」

「話した」

「それで？」

「女房は猛反対だ。娘も不安に思っているらしい。味方は一人もいない。だが、俺はやるよ。今さら後には引けない」

　丸谷はうなずいた。疲れた表情だった。

実際に疲れているのだろう。顔色もよくない。

「また、何か耳寄りな情報があったら知らせてくれ」

「捜査の進展があったら、教えてくれるか？」

丸谷は、刑事らしい厳しい眼差しを向けた。

「捜査情報を洩《も》らすわけにはいかない」

「ゲームの件だけでもいい。『殺人ライセンス』の情報を提供したのは、娘の友達だ。彼も今後の経緯を知りたいだろう」

丸谷は、眼をそらしてうめくように言った。

「考えておくよ」

二人の刑事は玄関を出ていった。

リビングルームに戻ると、キュウと麻理が何かを話していた。刑事がやってきたということで、少しばかり興奮している様子だ。

妻の容子は、そそくさと丸谷たちに出した茶の後かたづけをした。

相沢の姿を見ると、麻理は押し黙った。キュウが相沢に言った。

「これで、僕、ちょっと肩の荷が下りたような気分です。あとは警察に任せればいいんですね」

「そうだな……」

麻理がキュウに言った。

「ちょっと。テレビから聞こえた変な声のことはどうなるの？」

キュウは顔をしかめた。

「だから、あれは『殺人ライセンス』とはまったく関係がない話だよ」

「じゃあ、あの声は何だったのよ」

「まだわからないよ」

「『殺人ライセンス』が、実在しない霊界のゲームだっていう噂まであるんでしょう？」

「ばかばかしいよ、そんな話」

「『殺人ライセンス』は霊界のゲームで、犠牲者を探してネット上に現れる。そして、犠牲になった人が、その怨念《おんねん》を深夜にテレビを通じて訴えている。話の筋は通っているじゃない」

「筋なんか通っていないよ」

「でも、『殺人ライセンス』の正体って、何だかわかっていないんでしょう？」

「誰かが組んだプログラムだよ。それを、アメリカなんかの無料サーバーを使ってネット上にアップしてるんだ。それだけのことだよ」

「その証拠はあるの？」

「証拠って……」

「それだって、推論に過ぎないわけじゃない」

「そりゃそうだけど、常識ってもんがあるだろう」

「それ、あんたの常識でしょう？　ほかの人にはほかの人の常識があるのよ」

「じゃあ、おまえ、本当にテレビから聞こえたのが霊界からの声だって信じてるのかよ。『殺人ライセンス』が霊界のゲームだって信じてるのか？」

「信じてるわけじゃない。でも、怖いのよ。それを否定できないから」

キュウは言葉を呑《の》んだ。

麻理は言った。

「事実と思い込みは違うって、あんた言ったよね。あたしだって、それくらいはわかってる。でも、どうやって区別をつけるの？　霊界からの声だって、信じてる人やなんとなくそう思っている人が増えれば増えるほど、事実と変わりなくなっていくわけじゃない。あたしはそれが怖いんだよ。『殺人ライセンス』だってそうだよ」

「どういう意味だよ」

「最初はただのゲームだったのかもしれない」

「あれはただのゲームとは言えないよ。最悪だよ」

「でもゲームはゲームよ。誰かがそれを本当の殺人に利用しただけなのかもしれない。あんたがそれに気づいた。ネットでそのことを流したら、どんどん話が膨らんでいって結局、霊界のゲームという話になったわけでしょう？　きっと、実物を知らない人にとっては、すでに『殺人ライセンス』は霊界のゲームということになってしまっているんだよ。そう信じている人にとっては、実際の『殺人ライセンス』がどんなものかなんて、どうでもいいのよ」

麻理の言いたいことはなんとなく理解できた。相沢は、麻理が実に不安定な世界に生きているのだと思った。

相沢の常識というのは、経験に支えられている。人と人との交流に支えられている。他人を理解することによって支えられている。

ひょっとしたら、麻理たちは、そういうものがまったくない世界に生きているのかもしれない。

足元が危うい世界だ。人との実際の交流ではなく、ネットや携帯によるメールのやりとりの上に成り立っている。

そういえば、都市伝説は、学校の噂話として広がるのだ。大人たちは、子供が面白半分で広めているのだと思っている。

だが、子供たちは意外と本気なのかもしれない。本当に怖がっているのだ。子供は社会経験のなさから、事実と噂の区別がつけられない。

相沢たちの世代だと、成長するにしたがい社会というものとの関わりが出てきた。他人とのつながりが否応《いやおう》なく生まれたのだ。

だが、今の若者はそれを拒否する傾向にある。自分たちの小さな世界に閉じこもり、実社会との関わりを持たずに済ませようとする。

たしかに、社会と関わるのは面倒なこともある。不快なこともある。だが、本来はそれを避けて通れないはずだ。

今の若者は、平気で避けて通ろうとする。それが可能なのだ。それを許しているのも、相沢たち大人なのだ。

キュウも、麻理の言いたいことが理解できたようだ。キュウは言い返したいらしいが、どう反論していいかわからないようだ。

相沢は言った。

「もっと調べてみようじゃないか」

キュウと麻理が相沢を見た。

「乗りかかった船だ。テレビから聞こえた声の正体が何なのか、調べればきっとわかる」

キュウが言った。

「僕、ネットで調べてみたんですよ。その結果がこれなんです。妙な噂が広まってしまって……。霊界のゲームだの霊界からの声だのといった噂の責任は僕にもあるんです」

キュウはキュウなりに、真剣に調べようとしたのだろう。だが、まだ若いキュウの人間関係には限界があるに違いない。

たしかにネットの世界は広大だ。しかし、そこで作られる擬似人間関係は意外と狭いものなのではないかという気がした。

どうしたって、趣味や話が合う人間同士が集まるものだ。調査をするためには、目先を変えてみる必要がある。

「君のネット上での仲間以外の人たちにも訊《き》いてみる必要があるだろうな」

キュウは肩をすくめた。

「たしかに、普段ネット上で付き合っているやつら、ちょっと偏ってるかもしれないな……」

「私は、噂が作られていった過程にも興味がある。経過を追って調べてみたい」

キュウはうなずいた。

「すぐに見に行けるように、いくつかの掲示板をブラウザに登録しておきます」

「頼む」

麻理は、それ以上何も言おうとしなかった。相沢の対応に満足したのか、それとも、キュウとの会話に割り込んだことを不快に思っているのか……。相沢にはわからなかった。

12

夜の捜査会議で、丸谷はさっそく永友少年から聞いた話を報告した。

捜査本部幹部たちの食いつきは悪くなかった。手詰まりで、何か新しい情報がほしかったのだ。

しかし、丸谷が説明を続けるうちに、彼らの表情に失望の色が浮かびはじめた。

丸谷が説明を終えると、しばらく沈黙が続いた。捜査本部主任の、田端捜査一課長が、捜査員たちを見回して言った。

「無視できない情報ではあるな……」

捜査本部副主任の池田《いけだ》管理官が当惑気味の表情で言った。

「しかし、ネット上のゲームっていっても、ぴんと来ないな……。それがどんなものかわからない……」

無理もないと丸谷は思った。丸谷自身、実感がないのだ。

捜査員の一人が言った。

「ここにもコンピュータくらいある。そいつでそのゲームを見ることはできないのか？」

丸谷はエイキチを見た。キュウから説明を受けていて、簡単にはそのゲームを見ることができないことは知っていた。だが、ちゃんと理解していたわけではないので、どう説明していいかわからなかった。

エイキチが丸谷に代わって説明をした。

「サーバーを渡り歩いているようなので、いつどこに現れるのかわからないんです。神出鬼没というやつです」

若い捜査員が質問した。

「過去にどのサーバーからアップされたのか、わかっているんでしょう？　ならば、追っかけることは可能でしょう」

インターネットの知識がある捜査員らしい。丸谷はそうした質問にはお手上げだ。

エイキチはうなずいた。

「アメリカの無料サーバーなどを使っているらしいです。そうなると、追っかけるのも簡単じゃないですね。へたをすると、ＦＢＩあたりに協力を要請しないといけないかもしれない」

丸谷は驚いた。

ＦＢＩだって？

殺人が起きたのは東京の目黒区内だ。関連があるかもしれない中学生殺しだって、大阪の事件だ。それがどうしてFBIなんだ……。

だが、質問した若い捜査官は納得したようだった。

「つまり、こいつは、ハイテク犯罪ってことになるな……」

田端課長がうめくように言った。「まったく面倒な世の中になったもんだ。ところで、ネット上のゲームとテレビゲームってのは、違うのか？」

エイキチがその質問にこたえた。

「プログラムでグラフィックを動かしたりする点では同じです。最近のゲームマシンはネットに対応してますから、ますます両方は近づいてますね。ネットゲームというのは、不特定多数の人々が、インターネットを通じてゲームに参加できるんです」

「誰が参加したのか特定できるのか？」

「おそらく、ゲームの管理者のところにはログが残っているはずです」

目黒署強行犯係長の芦沢《あしざわ》が言った。

「じゃあ、そのゲームの管理者を引っぱってきて話を聞けばいい」

エイキチはあきれたような顔で言った。

「だから、それがなかなか見つけられないのですよ」

「どうしてだ？」

「アメリカの無料サーバーを転々と……」

「そういう話はいい」

芦沢係長は、声を荒らげた。丸谷は、心の中でほくそえんでいた。芦沢はなかなか頑固な刑事だ。

「俺が訊きたいのは、そのゲームの管理者とやらを見つけることはできるのかどうかということだ」

エイキチは、鼻白んだ様子だ。

「不可能じゃありません。でも専門家でなきゃ無理ですね」

「専門家ならいるじゃないか」

芦沢は言った。「本庁には、ハイテク犯罪の専門家がいるんだろう」

池田管理官がうなずいて言った。

「生活安全部には、ハイテク犯罪対策総合センターがあり、コンピュータの専門家がいますよ」

芦沢は池田管理官に言った。

「じゃあ、その連中に任せればいい。ここでごたごた言っていても始まらないでしょう。俺たちには、ほかにやることがあるんじゃないですか?」

丸谷は、田端課長に向かって言った。

「大阪の事件との関連が考えられます。大阪の捜査本部との連携も考慮されてはいかがですか?」

芦沢が顔をしかめた。

「おい、マルやん。おまえさん、本気なのか？」

丸谷は、芦沢の顔を見た。現場の上司とは対立したくない。

「もちろん本気ですよ。鑑取り、地取りとも結果ははかばかしくないんです。視点を変えてみるのもいいでしょう」

「大阪の連中に笑われるぞ。ゲームだって？」

丸谷は腹が立った。自分はどちらかというと古いタイプだと思う。しかし、自分より頑迷な人間を見ると苛立《いらだ》ちを覚える。

「今はそういう世の中なんですよ」

俺は少なからず、エイキチの影響を受けはじめているのかもしれない。丸谷はそんな気がした。

エイキチはたしかに鼻持ちならない若手だ。刑事としての態度もなってないと思う。だが、彼の言葉には耳を貸すべき何かがあるように思える。

田端課長が言った。

「そうだな。大阪の事件との関連があるとなれば、こいつは新しい展開だ。情報の交換を申し入れよう」

あまり気乗りしないような様子だ。話が現実離れしているせいだろうと丸谷は思った。彼自身もそうだった。実感がわかない。

その実感のなさが不気味だった。人が殺されたというのに、その犯人像に実感が持てない。

きっと、相沢も同じようなことを感じていたに違いない。丸谷は思った。そして、おそらく田端課長も同様なのだ。誰もがそう感じる。これは、そういう類《たぐい》の事件だ。

通常の捜査では感じないような不快感がある。

せっかくの情報なのに、捜査本部はいまひとつ盛り上がらなかった。ハイテク犯罪を目の前にして、どうしていいかわからない。それが正直なところだ。

本庁のハイテク犯罪専門家に期待するしかないのか。それまで、俺たちは指をくわえて待っているしかないのか。

芦沢は、ほかにやるべきことがあると言った。だが、丸谷は、ゲームの関係者を見つけだすことこそが、やるべきことだと思った。

実際にキュウの話を聞いた丸谷やエイキチと、ほかの捜査員の間には温度差があった。丸谷やエイキチが入れ込んでいるほど、ほかの捜査員は関心を持っていない。

できれば、ネットゲームなどというものとは無関係の事件であってほしいと願っているようだ。

俺だってそうだ。

丸谷は思った。ネットゲームとの関わりを誰かが否定してくれるのなら大助かりだ。だが、それはありそうもない。

こいつは、面倒なハイテク犯罪に違いない。丸谷は、その確信を深めつつあった。

13

祥子は、麻理の話を聞いて心底驚いていた。

「へえ……。キュウのやつが、麻理んちへ……？」

「そうなんだ。オヤジとパソコンで何かやってる」

「何かって？」

「オヤジ、ホームページを作りたいんだってさ。リストラにあって、仕事探してるんだとばかり思ってたら、探偵学校に通ってたんだって。探偵になるって言うのよ。もう、信じらんない」

祥子は、さらに目を丸くした。

「探偵……？　ちょっと待ってよ。麻理のお父さんて、探偵なの？」

「まだちゃんと仕事してるわけじゃないのよ。準備段階ってとこね。でも、探偵なんて、ちゃんと食べていけるのかな？　ホント、あたし、高校出たら就職しなきゃならないかもしれない」

麻理は、心底憂鬱《ゆううつ》そうだった。

祥子は、麻理のお父さんがリストラにあったということすら知らなかった。麻理は話してくれなかった。

祥子は、麻理の美しさ、愛らしさが好きだった。クラスの男の子のほとんどが、麻理に気があると思っている。

祥子はそんな麻理といっしょに行動することに、ちょっぴり誇らしさを感じていた。だが、麻理がお父さんのことを話すときの口調が少しばかり気になった。

あれ、と祥子は思った。

麻理って、こんなしゃべり方をする子だったっけ。お父さんの話をするときには、どこか嘲《あざけ》るような口調になる。

祥子が嫌いなしゃべり方だ。

麻理の家は、そこそこ裕福だと思っていた。立派なマンションに住んでいるし、麻理は自分の部屋もちゃんと持っていて、部屋にはテレビやパソコンがある。

今の生活に満足している、おっとりとした女の子だと思っていた。実際、麻理はクラスの中ではそう振る舞っていた。

もしかして、麻理は演技をしているのだろうか。ふと、祥子はそんなことを思った。だが、すぐにその考えを打ち消した。祥子だって、親をうざったいと思うことはある。

祥子は言った。

「それで、キュウのやつは、どんな感じ?」

「どんなって?」

「麻理の家に招かれたんでしょう?　舞い上がってるんじゃない?」

「別に……」

麻理はつまらなそうに言った。「オヤジとばっかしゃべってるから……。あたしとはあんまり話しないよ」

「照れてるんじゃん?」

祥子は、にやにやと笑いながら横目で麻理を見てやった。

「もう、やめてよ」

麻理はふくれて見せた。「そんなんじゃないったら」

「そうね」

祥子は言った。「いくらキュウのやつが、麻理に憧《あこが》れていたって、所詮《しょせん》相手じゃないよね」

「あいつ、オヤジに取り入ろうとしてるのかな?」

「え……?」

「あたしに直接告白しても無理だと思って、オヤジと仲良くしようとしてるんじゃない?　なんか、ずるいよね」

祥子は、またしても驚いてしまった。

誰かが麻理のことを好きだというのは、祥子が好きな冗談だ。麻理はいつもそれを恥ずかしそうに否定するからだ。その、照れた様子が、お嬢様っぽくて祥子は好きだったのだ。

だが、麻理のキュウに対する言い方は違っていた。

キュウが麻理のことを好きなのは当たり前で、そんなのは所詮叶《かな》わぬ恋なのだと、自ら言っているように聞こえる。

祥子は、なんだか不安になってきた。

今まで祥子が好きだった麻理は、実は本当の麻理ではないのではないか。

そんな気がしてきた。

麻理は変わってしまったのだろうか。でも、相変わらず麻理はかわいらしい。仕草も愛らしいし、たわいない話題になると、いつもと印象は変わらない。

祥子は、もしかしたら、と思った。

変わったのはあたしのほうなのではないか……。

深夜のテレビからの声が怖くて、最近、部屋に一人でいることが少なくなった。家族と過ごす時間が増えたのだ。

最初は、うざったいと思っていたが、そのうちに、それが普通のことだと思うようになってきた。

いつの間にか、夕食後には台所で食器を洗うのを手伝いはじめた。そして、最近では、夕食の準備もときどき手伝っている。母から料理を習いたいのだ。

祥子は、自分が何の取り柄もない女だと思っている。麻理のように美人ではないし、成績もそれほどよくない。スポーツも得意なわけではない。

料理くらいはうまくなりたい。そう思ったにすぎないのだが、母親の手伝いをしてみると、いろいろなことに気づく。

塩の量、味噌《みそ》の量、醬油《しょうゆ》の量。母は、そのすべてに気をつかっている。父親の血圧に気をつかい子供の健康に気をつかっているのだ。

いっしょに台所に立たなければ、そんなことには気づかなかったに違いない。母と何かをいっしょにやってみて初めて気づいたことだ。それまでは、母はただ口うるさく、うざったい存在だった。

麻理はおそらく、以前と何も変わってはいないのだろう。今まで気づかなかったことに、祥子が気づきはじめたらしい。

麻理は、特にお父さんに対して辛辣《しんらつ》な口調になる。その気持ちはわからないではない。父親というのは、なんだかかっこ悪く見えるし、汚らしく感じられる。

そして、麻理のお父さんは、リストラされたらしい。そんなお父さんを軽蔑《けいべつ》しているのかもしれない。

以前の祥子なら、そんな麻理のことをまったく気にしなかっただろう。だから、印象に残っていないのだ。

だが、今は違う。リストラされたお父さんが一番つらいに違いない。祥子はそう思ってしまう。

そして、つらい思いをしているお父さんのことを、嫌っている様子の麻理を子供だと感じてしまう。

甘えているだけじゃん。

そんな気がする。

だが、それを口に出して言う気はない。麻理とは変わらずにいい友達でいたい。いずれは、麻理も気づく。あたしがちょっとだけ先に大人になったのかもしれない。祥子はそう思うことにした。

「キュウのやつ、オヤジといっしょに、ゲームのことやら、テレビからの声のことやら、調べるって言ってるんだ。オヤジの助手気取りだよ。あんまり家に出入りされると、迷惑だよね」

麻理が言った。

祥子はなんだか腹が立ってきた。たしかにキュウは冴《さ》えない男の子だ。そのキュウが麻理のことを好きらしいので、それをネタにからかったこともある。

だが、他人がキュウのことを悪く言うと、なんだかむかつくのだ。

「キュウだって、一所懸命なんでしょう?」

祥子は、ついそんなことを言ってしまった。

今度は麻理が驚いたように祥子を見た。

「なあに、祥子、キュウの味方をするわけ？」

「味方とか敵とかの問題じゃないでしょう？」

「あいつ、ちょっとパソコンとか詳しいんでいい気になってるんだよ」

祥子は、だんだん我慢ならなくなってきた。

「テレビからの不気味な声のこと、調べてって言ったの、麻理じゃない」

「あたしじゃないよ。キュウにやれって言ったの、祥子だよ」

そうだったかもしれない。

だが、麻理だってキュウに期待していたはずだ。

「だからって、そんな言い方、キュウに悪いじゃない」

「いいのよ。だって、キュウなんだもん」

むかついた。

祥子は、なぜかわからないが、無性に腹が立った。

麻理がキュウを召使いか何かのように扱っているように思えた。麻理がキュウを独占しているように感じたのだ。それが我慢できなかった。

キュウがいくら麻理のことを好きでも、麻理は無視している。

その状態で祥子の心は安定していた。だが、麻理とキュウが実際に近づきはじめると、妙に心が騒ぐのだった。

祥子は、自分自身でそれに気づいて、当惑していた。

まさか……。あたし、キュウのことなんて、何とも思ってないんだから……。

祥子は、心の中で、自分に言い訳をしていた。

＊

大阪府警から返事が来た。田端課長がそれを捜査会議で報告した。

「大阪府警でも、奇妙なゲームについての情報は得ていた。インターネット上ですでに話題になっていることを、一般市民からの情報提供で知ったらしい。だが、こっちの事案との関連があるかどうか、判断しかねているところに、こっちからの問い合わせがあったということだ。今後、どう対応するか刑事部長同士で話し合うことになっている。場合によっては、警察庁の指示をあおぐことになるかもしれない」

どうも煮えきらない反応だと、丸谷は思った。

大阪府警では、単なるネット上の噂話程度にしか考えていないことが感じられる。

まあ、誰も実際にそのゲームを見たことがないんだから、仕方がないか……。

ハイテク犯罪対策総合センターからの知らせはまだなかった。

丸谷は隣のエイキチにそっと言った。

「ハイテク犯罪専門捜査員なら、ゲームを見つけられるよな」

「運がよければ、見つけられるでしょうね」

「運？」

「いつどこに出現するかわからないウェブサイトを発見するのは、森の中から一枚の木の葉を探し出すようなものですよ」

「待てよ。けど、あの少年はゲームの常連がいるようなことを言ってなかったか？」

「自分もそれが気になっていたんですがね……。きっと、管理者から連絡があるんだと思いますよ。何人かの常連だけには。でないと、常連すらそのゲームを見つけられませんからね」

「管理者と常連のつながりがあるということだ」

エイキチはうなずいた。

「どういう手段かはわかりませんが、管理者がゲーム出現の時期やURLを、特定の人々に告知しているはずです。それを突き止めることは可能かもしれませんね。でも……」

「でも、なんだ？」

「たしかに、コンピュータの専門家は、特定のクラッキングなんかには対応できます」

「クラッキング？」

「不正にサーバーなどに侵入して、データを盗んだり破壊したりする行為です。ネット上の詐欺行為なんかにも対応できるでしょう。また、ウェブサイト上を見回って違法性のあるものを取り締まったりは可能です。でも、そういう取り締まりも、一般のユーザーからの情報提供に頼るしかないんです。『殺人ライセンス』を見つけられるかどうかは、別問題です」

丸谷は考えた。

「じゃあ、少なくとも、ハイテク犯罪対策センターより、あの永友という少年のほうが『殺人ライセンス』とかいうゲームの近くにいるということになるな」

「そうですね。実際にあの少年はゲームにアクセスしたことがある。管理者は、あの少年のメールアドレスを持っていることになります」

丸谷は、捜査の進捗《しんちょく》状況を冷静に判断しようとした。どう考えても、有効な手を打てているとは思えない。

やがて、彼はエイキチに言った。

「もう一度、連中のところに行ってみようか……」

「連中？」

「永友という少年と相沢だ。探偵に一役買ってもらうのも一つの手だという気がしてきたよ」

14

相沢は、キュウがブラウザに登録してくれた掲示板に接続し、過去にさかのぼって書き込みを読んでいった。

まず、ゲーム関連の掲示板を見る。

最初にキュウの書き込みに返事を書いたのは、「くるるん」というハンドルネームを持つ人物だった。

くるるんも、「殺人ライセンス」を見たことがあるという。彼も実際にやってみたが、なかなかクリアができなかったと言っている。そのゲームは好みじゃないので、しばらく放っておいたら、消えてしまったということだ。

そのゲームの噂を聞いたことがあるという者たちの書き込みが続いた。

その頃の「殺人ライセンス」の扱いは、あくまでちょっと変わったネットゲームといった感じだ。特別なゲームだという印象は受けない。

それが急変するのは、「案山子」というハンドルネームの人物が書き込んでからだ。

「殺人ライセンス」と実際の殺人の関連を初めて書き込んだのが案山子だった。ターゲットとなっていたヤスジと、実際に殺された和田康治の類似点に気づいたのだ。それに、キュウが返事を書いている。

やはり、案山子もどちらかというと冷静で良識的な発言をしていると感じた。「殺人ライセンス」が特殊なゲームであることは、みな気づいているようだ。

だが、ヒステリックな反応やセンセーショナルな書き込みは、その頃はまだ見られない。

そして、第二の事件が起きる。大阪で起きた中学生殺しだ。

被害者の名前は塩崎琢磨だと、エイキチという若い刑事が言っていた。そして、タクマという名の中学生が、「殺人ライセンス」でターゲットにされていたことが、掲示板で報告されてから、事態は一変していく。

「殺人ライセンス」の異常さに、多くの人が気づきはじめた。そうすると、噂を煽《あお》るような書き込みが増えてくる。

一方、キュウは、オカルト系のページにも書き込みをしていた。深夜のテレビから聞こえてきた声について、手がかりを探そうとしたらしい。

この件で最初に返事を書いたのは、「エドガー」という人物。テレビから聞こえるのは、霊界《しんし》からの声だという説を紹介したのは、この人物だが、相沢はその文章から、むしろ真摯な印象を受けた。

実際に、過去にラジオでそういう実験が行われたことがあるという。学者の名前まで書かれてあり、あくまでそういう説があるということを紹介しているにすぎない。

だが、オカルトのページに、「殺人ライセンス」のことが紹介されてから、また雰囲気が変わってくる。

「殺人ライセンス」も霊界からときおりネットに紛れ込むゲームということにされてしまい、深夜のテレビの声は、そのゲームで殺された人の怨《うら》みの声だということになってしまった。

くるるんが、ゲームマニアの掲示板と、オカルト系の掲示板の双方に顔を出していた。ネットマニアなのだろう。

それ以降、書き込みはどんどんエスカレートしていく。どうやら、噂を煽っているのは、実際に「殺人ライセンス」を見たことがない人々であり、深夜のテレビからの声を聞いたことのない人々のようだった。

噂というのはそういうものかもしれない。

相沢は思った。

眼の疲れを覚えて、相沢は画面から眼を遠ざけた。ディスプレイを覗《のぞ》き込むような姿勢をしていたので、首の後ろや肩がこっている。

首を大きく回して、吐息を洩《も》らした。首の後ろを揉《も》む。

不快感が取れなかった。眼の疲れや首のこりのせいかと思ったが、どうやらそうではなさそうだ。

ネット世界の不気味さのせいかもしれないと思った。

もちろん、ネット上で運営されている掲示板のほとんどは、健全なものなのだろう。そういうマナーをわきまえた参加者が、共通の話題に対して真面目な書き込みをする。そういう掲示板が多いに違いない。

また、高度な知識を交換するための掲示板もあるだろう。本来、ネットというのはそういうふうに利用されるものだ。

キュウが登録してくれたのは、あくまで「殺人ライセンス」や深夜のテレビからの声に関するもので、ちょっと特殊な部類の掲示板なのかもしれない。

実際の殺人事件が絡んでいるという要素もある。だから、不気味さがぬぐい去れない。

だが、それだけではない。

相沢は、かつては垣間《かいま》見ることができなかった、噂の成り立ちを見ることができた。

ネットや携帯電話のメールが発達する以前、噂というのは自然発生的なものに思えた。少なくとも、どうやって噂が作られ、それがどういうふうに変化していったかは、追跡することはできなかった。噂の原型など、通常は確かめることはできなかったのだ。

だが、ネット上には記録が残る。その変化を見ることができる。その気になれば、どこが源流であるか、たどることができるかもしれない。

そこに違和感があった。

現実社会のパロディーのような気がするのだ。どうしても、現実の重みを感じることができない。

「殺人ライセンス」と深夜のテレビからの声が結びつき、それがともに霊界からこの世に送られてくるものだということになるまで、それほどの期間を必要としていない。

その期間の短さにも、不気味さを覚えた。

あらゆる風評があっという間に形作られていく。誰かの悪意がそこに介在することだってあり得る。

相沢はかぶりを振った。

私は古い人間だから、そういう危惧《きぐ》を抱くだけなのかもしれない。

もしかしたら、ラジオ放送が本格的に始まったときに、古い世代の人々は同様の恐ろしさを感じたかもしれない。

また、テレビがほとんどの家庭に行き渡ったときには、国民全員の知的レベルが落ちるなどという説を唱えた人もいた。

経験したことのないメディアには恐れを抱くものだ。そして、ネットというのは、たった五年ほどの間に飛躍的に普及したのだ。

そのスピードも驚異的だ。

そして、相沢たちの世代にはコンピュータに対する根元的な恐れがある。古典のＳＦには、コンピュータの暴走を扱ったものが少なくない。

アーサー・C・クラークの「2001年宇宙の旅」もそうだった。理解できないものへの恐れもある。

そして、ネット社会を支えているのは、若者だという思い込みもある。掲示板などに書き込みをしているのは、若い世代であり、自分たちは足を踏み入れてはいけないのではないかという気後れがある。

私がまだネットの初心者だから、そう感じるのだろう。

相沢は思った。

どんどん、いろいろな掲示板に書き込みをするようになれば、こんなことは感じなくなるのかもしれない。

そんな気もする。

だが、この仮想世界で行われていることの違和感はぬぐえない。また、この違和感を失ったときは、危険だと相沢は感じた。

どんな危険があるのかわからない。だが、たしかにある種の危機感を抱く。この危機感を持ち続けることが、自分たちの世代の役割であるとさえ思う。

キュウはその点、どう感じているのだろう。キュウは、礼儀正しいし、好感が持てる若者だ。

だが、ネット社会に対して、何の違和感も感じていないように見える。

キュウはネット社会と実際の社会をちゃんと区別しているのだろうか。どうやってその線引きをしているのだろう。

今度会ったら、ぜひ訊《き》いてみたいと思った。

リビングルームの出入り口のほうで物音がして、はっとそちらを見た。

妻の容子が立っていた。眩《まぶ》しそうに顔をしかめている。

「こんな遅くまで、何をやってるんです？」

容子は非難する口調で言った。

相沢は時計を見た。二時を過ぎている。なぜか、後ろめたい気分になった。

「ちょっと調べものをな……」

昔、受験勉強と称してラジオの深夜放送を聴いてるのを、親にとがめられたときの気持ちを思い出した。

「調べものですって？」

容子は言った。「変な写真でも見てるんじゃないんですか？」

「そんなんじゃない」

むかっときた。

二人の間がしっくりきているときなら、冗談で済むことも、今は喧嘩《けんか》の種になる。

相沢は、冷静になろうとした。わがままを言っているのは、こちらのほうだという思いがある。

妻は、そのまま寝室に行くものと思っていた。だが、戸口に立ったままだった。何か言いたいらしい。

何を言おうとしているのかは想像がついた。聞きたくなかった。相沢は黙ってディスプレイに眼を戻した。

「なんのための調べものなんです？」

妻が尋ねた。

「知ってるだろう。ネット上のゲームと殺人事件の間に何かの関係があるかもしれない。それを調べている」

「ゲームと殺人……？」

容子の声に嘲《あざけ》るような調子が含まれていた。「なんの話です？」

そういえば、妻には話をしていなかったかな……。

「殺人ライセンス」のことに夢中だったし、キュウや麻理、丸谷たちと話をした。それで、妻にも話したような気がしていたのかもしれない。

一人蚊帳《かや》の外に置かれたようで、面白くないに違いない。相沢は、事情を説明しようと思った。

「ネット上に『殺人ライセンス』というゲームがある。不定期に出没するゲームで、それがどうやら、実際の殺人に絡んでいるらしくて……」

妻は、相沢を遮《さえぎ》った。

「それがなんだっていうのよ」

相沢は押し黙った。

「仕事でパソコンを使うっていうから、もっとましなことを考えてくれると思っていたら、探偵になるですって……？　どうかしてるんじゃないの？」

「考えた末のことだ」

「刑事がやってきたり、何を調べているかと思えば、殺人事件ですって？　もうたくさん」

「相談せずに決めたのは、悪かったと思っている。だが、相談したって、おまえはどうせ反対しただろう」

「当たり前です」

妻はきっぱりと言った。「今からでも、考え直してください」

「言っただろう。その気はない」

「殺人事件なんて、あなたの手に負えると思ってるんですか？」

「殺人事件を解決する気などない。俺はネット上での出来事を調べているだけだ。何か手がかりがあるかもしれない。それを見つけたら、警察に教える。あとは警察に任せる。それだけのことだ」

「それが収入になるんですか？」

「ならないだろうな」

「そんなことに時間を費やしてどうなるんです」

「これはトレーニングだよ。それに、ちゃんと依頼主がいる」

「依頼主？　誰です？」

「麻理だよ。娘から金は取れない」

「麻理が……」

妻は、ちょっと傷ついたような顔をした。おそらく、娘の麻理は、自分の味方だと思っていたのだろう。その麻理が、相沢に調査の依頼をした。

その事実に驚き、娘に裏切られたような気がしたのだろう。

「そんなの……」

妻は言った。さらに感情的になってきた。「そんなの、ただのゴッコじゃないですか。探偵ゴッコよ。我が家の家計はどうなるんです？」

「そのうち、ちゃんと仕事を始める。今はまだ準備段階なんだ。何も、推理小説に出てくる探偵のようなまねができると、思っているわけじゃない。身上調査や浮気調査、信用調査……、なんでもやって稼ぐよ」

「麻理は進学したがっているんですよ。大学かせめて短大に入れてあげないと……」

「わかっている。俺も懸命に働くよ」

「探偵なんて道楽じゃないの」

相沢は、癇癪《かんしゃく》を起こしそうになった。だが、必死に自分を抑えていた。

妻の不安はよくわかる。生活がかかっているのだ。相沢だって不安なのだ。マンションのローンだってまだ残っている。

妻と私の両方が感情的になったら、この家はお終《しま》いだ。相沢は自分にそう言い聞かせていた。

「もとはといえば、リストラされた俺が悪い。だが、景気がこんなに悪くなければ、会社だって俺をリストラなんかしなかった。そして、今はどんな仕事に就いたところで、安定なんてしない世の中なんだ。それを理解してくれ。そして、こういう世の中だからこそ、多少冒険をしたほうがいい。俺はそう思う。昔から探偵をやってみたかった。そして、仕事を成功させるには、家族の協力も必要だ」

「家族の協力……？」

妻は言った。「私に働きに出ろとでも言うんですか？」

「そんなことは言っていない。理解してほしいだけだ」

「虫のいいことばかり言って……」

「たしかに虫のいい話かもしれない。だが、俺は必死にやる。おまえたちを養うために、何としても、この仕事で成功する」

妻は、一方的に話し合いを終わらせた。背を向けると寝室に向かった。

どっと疲労感がやってきた。足がむくんでいるような気がする。

相沢は、ぼんやりとディスプレイを眺めていた。

私のやっていることは、そんなに常識はずれなのだろうか。

今夜は寝室に行きたくなかった。だが、リビングのソファなどに寝たら、妻の機嫌がさらに悪くなることはわかっていた。

相沢は、ただ溜《た》め息をつくしかなかった。

*

「やだ、それって、霊界のゲームとかじゃん？」

廊下を歩いていると、そんな声が聞こえてきた。

キュウは、そっとそちらを見た。

知らない女子たちが、廊下の窓辺で立ち話をしている。

ほかの子が言った。

「そうそう。なんか、そのゲームをやった人は、必ず死ぬんだって」

「えー。怖いじゃん。知らないでうっかりやっちゃったら、どうすんだよ」

「それで死んじゃった人もいるみたいだよ」

「えー、ちょっと、なんで、なんで？」

「だから、霊界のゲームなんだってば。ときどき、インターネットに紛れ込むんだって。見るだけでも、なんか悪いことが起きるんだって。知らないでそのゲームに参加すると、本当に死ぬんだってよ」

「あたし、だいじょうぶだ」

「なんで？」

「パソコンやらないもん」

「携帯のサイトにも紛れ込むんだってよ」

「じゃあ、どうしようもないじゃん」

「そんでさ、そのゲームで死んだ人が、霊界からその怨《うら》みを訴えるんだって。その声が、深夜にテレビから聞こえてくるらしいよ」

「テレビから……？」

「そう。放送終わってもつけっぱなしにしていると、砂嵐みたいになるじゃん。そんとき、声が聞こえてくるんだって……」

「霊界からの声？」

「そう。それ聞いた人のパソコンには、必ずそのゲームが現れるんだって」

「やば。もうパソコンやるのやめよう。でも、携帯のメール、やめるわけにいかないしな……」

キュウと並んで廊下を歩いていたタモツが言った。

「おい、あれって、おまえが言ってたゲームのことだろう？」

「そうみたいだな」

「霊界のゲームだって？」

タモツは、ふんと鼻で笑った。

相変わらず、かったるそうに行動する。空手部の練習がよほどきついのだろう。普段学校にいるときは、いつもだるそうにしている。

「いつの間にか、そういうことになっちまったんだよ」

「おまえ、そんなゲームに関わってると、ほんと、頭おかしくなるぞ」

「ただのゲームじゃないことはたしかだ。言っただろう。実際の殺人に関わっているかもしれないって。けど、霊界のゲームなんかじゃない」

「けど、けっこう噂になってる。俺、よそでも聞いたぞ。似たような噂だった。霊界のゲームを見たら、すぐにパソコンを切って、近くの神社に行って、鳥居をくぐると災難にあったり、死んだりしなくて済むんだってよ」

「ばかばかしい」

キュウは言った。「そんなこと、あるわけない」

「でも、けっこうみんな信じてるみたいだぜ」

「『殺人ライセンス』は霊界のゲームなんかじゃない。誰かがプログラムを組んで、不定期にいろいろなサーバーにアップしている。それだけのことだ。アメリカのレンタルサーバーか無料サーバーを使っているらしい」

「俺にそんな説明しても無駄だよ。パソコンのことなんて、さっぱりわかんねえ」

「授業でやってるじゃないか」

「授業でやることなんて、いちいち覚えていたら、頭、パンクしちまわあ」

「とにかく、人間が作って人間が運営しているゲームに間違いないんだ」

「じゃあ、どうして人が死ぬんだ？」

「俺が知っているだけで、死んだのは二人だけどな、ゲームをやって死んだわけじゃない。ゲームのターゲットにされて死んだんだ」

「なんだよ、それ……」

「つまり、誰かが、ゲームのターゲットを登録するんだ。すると、参加者がこぞって、そのターゲットの殺し方を考える。ゲームをクリアしたときには、実際の殺人の計画が出来上がっているというわけだ」

「それで……？」

「誰かがその計画どおりに殺人を実行する」

「なんのためにそんなこと、すんだよ？」

「知らない。けど、世の中にはいろいろなマニアがいるからな。殺人マニアがいても不思議はない。ミステリとか読んでさ、どうしても完全犯罪をやってみたくなるとかさ……」

「ばーか。趣味で人殺すやつがいるかよ」

「いるかもしれない。バスジャックとかさ、『人を殺してみたかった』とか言って、婆さんを殴り殺したりさ、変なやつ、多いじゃないか、最近」

「そうか？」

「おまえ、ちょっとずれてるからな。生まれる時代、間違ったんじゃねえの？」

「そんなこと、考えたこともねえな」

タモツの言葉は自信に満ちている。

たしかに、タモツは空手部で大活躍だ。一年生のときから頭角を現した。新人戦で優勝して以来、試合で負けたことがないという。

タモツは時代などには関係なく、自分の世界でちゃんとした立場を確保している。

一方、俺はどうだ？

キュウは思う。時代の最先端を行くパソコンやネットには詳しい。だが、それだけのことだ。情報に踊らされ、右往左往している。

霊界のゲームの噂は、もとはといえば、キュウの書き込みから始まった。だが、今は、キュウにもどうしようもないほど、内容はエスカレートし、噂は広まっている。

今さら、掲示板に、実は、僕が噂の原因を作りました、などと書き込んでも無視されるのがオチだ。

いや、無視されるならまだいい。いろいろなやつが攻撃してくるかもしれない。ネット上には、喧嘩《けんか》をやりたくてうずうずしているやつらがたくさんいる。

キュウがその標的にされかねない。

責任は感じるが、もう手の施しようがない。キュウはタモツとの差を意識した。タモツは、自分の世界を持っている。キュウは、ただネットにぶらさがっているだけだ。そんな気がして、落ち込んだ。

教室に戻ると、祥子と麻理が話をしているのが見えた。祥子と眼があった。

キュウは咄嗟《とっさ》に眼をそらしてしまった。

それを目に留めたらしく、タモツがキュウに言った。

「おまえ、相沢んちに出入りしてるんだって？」

「相沢のオヤジさんの手伝いをしているだけだ」

「オヤジの手伝い？」

「探偵始めるんだってさ。それで、ホームページを作りたいって言うんで……」

「ち、うまいことやってんなあ」

「なんだよ、それ……」

「相沢とも話すんだろう？」

「そりゃあ、な……」

「うらやましいぜ」

「何がだよ」

「みんな、相沢と付き合いたがってるんだ」

「ばか言うなよ。みんなってこと、ないだろう。そうじゃないやつだっている」

「おまえはどうなんだよ。相沢んちに出入りして、まんざらじゃねえんだろう？」

タモツは、かったるそうに椅子に腰を下ろし、片方の膝《ひざ》を机のへりにかけた。

キュウは、それどころじゃないと言いたかった。相沢の父親といっしょになんとか「殺人ライセンス」のことを調べだしたかった。

「相沢なんて、どうでもいいさ」

「嘘つけ」

「おまえこそ、相沢が好きなら、はっきり言えばいいだろう?」

キュウは何気なく言ったが、タモツが意外な反応を見せた。

うつむいてもじもじしている。そして、ふてくされたようにつぶやいた。

「それができれば、とっくにやってるよ……」

キュウは、ひどく悪いことをしてしまったような気がした。

何か言わなければ、と思っていると、祥子が近づいてくるのが見えた。キュウはわざと気づかない振りをしていた。

「キュウ」

祥子が呼びかけてきた。キュウは、祥子のほうを見た。

「あんた、麻理のお父さんの手伝いをしてるんだって?」

「ああ」

「深夜のテレビの声はどうなったんだよ」

「それも調べるよ」

「あの、霊界のゲームって、どういうこと? 深夜にテレビから声を聞いた人は、なんとかあのゲームを見つけて、クリアしないと死んじゃうって、誰かが言ってた」

キュウは驚いた。また、話のバリエーションが増えている。

「そんなこと、あるはずないじゃないか」

「だって、そういう噂、広まってるよ」

「おまえ、それ、信じてんのかよ」

「あたしは信じないよ。でも、気味悪いじゃない。麻理が怯《おび》えてるんだよ」

「知ってるよ」

「早くなんとかしなよ」

「わかってる」

「じゃないと……」

「なんだよ」

一瞬、間があった。それから祥子は言った。

「あんた、見かけ倒しだよ」

祥子はさっと背を向けた。ひらりとスカートが翻る。キュウはどきりとした。祥子はものすごくきれいな脚をしている。以前からそう思っていたのだ。

彼女は、麻理のところに戻った。

あいつ、何が言いたかったんだ？

キュウはしばらく茫然《ぼうぜん》としていた。

15

目黒署に置かれた捜査本部の中は、にわかに忙しくなっていた。大阪からの詳しい情報が届き、捜査員たちは、それを検討した。

こちらの捜査本部からも、大阪に資料を送っていた。

丸谷は、大阪の事件を再度確認していた。

被害者の名前は、塩崎琢磨。中学校三年生だった。

深夜、帰宅の途中に殺害された。犯行の推定時刻は午前二時前後。場所は、自宅近くの公園だった。

遊びに行った帰りに襲撃されたようだと、大阪の捜査本部の資料にある。塩崎琢磨は、帰宅する際にいつもその公園を通っていたらしい。大通りから自宅のマンションまでの近道なのだ。

塩崎琢磨は、公園から五十メートルほど離れた大通りで、友人の車を降りた。友人というのは暴走族だった。

公園の周囲には木が植えられており、死角がいくつもある。深夜にはまったく人通りがなくなる。

そこを一人で歩く塩塚琢磨はまったく無防備だった。犯人は、公園に潜んでおり、塩崎琢磨の帰りを待っていたに違いない。

殺害される数時間前、琢磨の所在を尋ねる電話を母親が受けていた。通話記録を調べたが、近くの公衆電話からの通話だった。

大阪の捜査本部は、事件に関連があると見て、目撃情報を集めていた。だが、公衆電話での目撃情報はまだ得られていなかった。

これまでの調べで、塩崎琢磨は、数人のグループで、しつこいいじめを繰り返していたことがわかっている。被害にあっていた同級生は、累計で百万以上の金を巻き上げられていた。

凶器は、包丁のような刃物だ。凶器はまだ発見されていない。

丸谷は、ノートに書いた自分のメモを見つめていた。隣の席ではエイキチが、同様に自分の文字を見つめている。

「二件の被害者に個人的なつながりはなし、か……」

丸谷は独り言のようにつぶやいた。

エイキチが、ノートを見たまま返事をする。

「そりゃそうでしょう」

丸谷はうなずいた。

「もしも、本当に二人ともゲームのターゲットだったとすると、二人につながりはなくて当然ということになるな」

「完全犯罪を目指す犯罪マニアが、何らかの手段でターゲットの素性を入手した……。そして犯行に及んだ……」

「そこだよ」

丸谷は言った。「犯人がターゲットの本名や住所を確認するには、どういう手段があるんだ？」

「ゲームにターゲットを登録した本人に訊《き》くしかありませんね」

「誰が登録したかわかるのか？」

「管理者ならわかるでしょうね。ゲームに参加するにあたっては、メールアドレスを登録することになっていたはずですから……」

「ゲームの管理者が容疑者というわけか」

「それが一番可能性が高いですね」

「管理者を見つけるのが先決だな」

「でも、僕たちには何もできませんよ。ハイテク犯罪の専門家たちに任せるしかありません」

「何もできないなんてことがあるか。犯人に近づく手だては必ずあるはずだ」

「何をすればいいんです？」

「考えるんだよ。そして、歩き回るんだ」

「それじゃネットを駆使したハイテク犯罪に対処できませんよ」

「インターネットで人を殺したわけじゃない」

「え……？」

「犯人は包丁のような刃物で殺したんだ。犯人は人間なんだよ。実体のある人間だ。人が人を殺したんだ。まったく痕跡《こんせき》が残っていないはずはない」

「しかし、今のところは凶器も発見されていませんし……」

「わかっている事実の中から何かを見つけるんだ。今までは、目黒の事件の資料だけだった。だが、それに大阪の事件の資料が加わった。もし、二つの事件が関連しているのなら、きっとその関連性が見つかる」

「関連性があるとは思えませんね」

「あるさ。まず、被害者だ。被害者は特定の人物から怨《うら》まれていたことがわかっている。和田康治は、ストーカー行為で町田晴美に怨まれていた。そして、塩崎琢磨は、いじめをやっていた。いじめられていた同級生は、……。ええと、なんと言ったっけ……」

丸谷はノートをめくった。

エイキチが言った。

「末吉陽一《すえよしよういち》」

「そうそう。そんな名前だったな」

「でも、町田晴美にも、末吉陽一にもれっきとしたアリバイがありますよ。陽一の家族は、ずっと家にいたと言っていますし、犯行があったと思われる時刻には、友達と長電話をしていました。携帯ではなく、自宅の電話でです。その友達も証言しています」

「実行犯は、町田晴美や末吉陽一じゃない。おそらく、おまえが考えているとおり、『殺人ライセンス』とかいうゲームに関わっている者だ。管理者かもしれない」

「そうですね」

エイキチが言った。「殺人の手口が同じです。凶器は包丁のような刃物。そして、双方の事件とも、おどろくほど遺留品が少ない」

「ほらみろ」

「え……?」

「二つの事件の共通性が見えてきたじゃないか」

「でも……」

エイキチの表情が曇った。「そこから先に進めない……」

「被害者に怨みを抱いていた二人の人物。彼らと『殺人ライセンス』のつながりが見つかれば、事件の構図は見えてくる」

「つまり、依頼殺人だと……?」

「そうだ。動機のない殺人に見えても、必ず動機はある。依頼殺人と考えれば、これはそれほど面倒な事件じゃない」

「でも、『殺人ライセンス』の管理者が見つからない限り、捜査は進展しませんね」

「そんなことはない。地道に地取り班が聞き込みに回っている。何かの目撃情報が得られるかもしれない」

「望み薄な気がするなあ……」

「町田晴美に会いに行ってみよう」

エイキチは驚いた顔をした。

「もう、ほかの捜査員が聞きに行ったじゃないですか」

「まだ、『殺人ライセンス』については尋ねていない」

＊

町田晴美が勤める化粧品会社は、原宿《はらじゅく》の表参道《おもてさんどう》にあった。

原宿駅から青山《あおやま》通りに通じるこの通りは、もともとは明治神宮《めいじじんぐう》への参道だった。丸谷が学生の頃は、ファッションの最先端の街で、どうも近寄りがたいイメージがあった。貧乏学生だった丸谷には縁のない通りだった。

今、くたびれた中年男になった丸谷にとって、表参道はほかの街と変わらないただの通りだ。

どこへ行っても気後れせずに済むようになった。だが、若い頃に表参道に足を踏み入れたときの、のぼせたような興奮を感じなくなったことが、少しばかり淋《さび》しい気もした。

化粧品会社だけあって、瀟洒《しょうしゃ》な外観だった。受付嬢も洗練されている。

ここは、本社ではなく、東京営業本部だ。本社は、神奈川県にある。

受付で、警察手帳を見せて町田晴美に面会を求めた。受付嬢は手帳を見ても、顔色を変えない。そういうふうに訓練されているのだろう。

ロビーにある椅子に腰かけて待つように言われた。ほどなく町田晴美が降りてきた。

なるほど、顔立ちがはっきりとした美人だ。華やかだが、それでいて清楚《せいそ》なイメージがある。

和田康治でなくても、つけ回したくなるな。

丸谷はそんなことを考えていた。

おっと、こいつは不謹慎だな……。

町田晴美は明らかに憤然としていた。美しい眉《まゆ》の間にしわを寄せている。しかめ面だ。

丸谷は立ち上がり、名乗った。エイキチも慌てた様子で立ち上がった。エイキチらしくない。おそらく、町田晴美の美しさのせいだろう。

「もう、警察にお話しすることは何もありませんが……」

町田晴美は言った。ロビーにある打ち合わせ用のテーブル席だった。周囲に、ほかの客もいて、町田晴美は落ち着かない様子だ。

丸谷は言った。

「その後、何か思い出されたことはありませんか？」

「いいえ」

町田晴美はきっぱりと言った。「何もありません」

彼女は会社に刑事が訪ねてきたことを不愉快に思っているのだ。だが、丸谷は迷惑に思われることなど慣れていた。

「パソコンはお持ちですか？」

「はい……？」

町田晴美は、きょとんとした顔で丸谷を見た。彼女にとっては、唐突な質問だったかもしれない。

「パソコンです。お持ちですか？」

「ええ。持ってますが……。仕事にも使いますし……」

「インターネットはなさいますか？」

「ええ。まあ……」

「ネットゲームなどは……？」

「いいえ。ゲームはやったことがありません」

丸谷は、町田晴美を刑事の眼で観察していた。

戸惑っている。だが、嘘は言っていない。そう感じた。

「ネットゲームは一度もやられたことはないのですか？」

「ありません」

町田晴美はこたえた。「あたし、インターネットにはそれほど詳しいほうじゃないんです。雑誌に載っている通販のホームページとかをのぞく程度で……。ネットゲームなんて、どうやっていいかわからないし、ゲームそのものにも興味はありません」

彼女の態度に不審な点はない。これで、嘘をついているのだとしたら、演技賞ものだ。

「お友達で、ゲームやインターネットがお好きな方はいらっしゃいますか？」

彼女の眼に、にわかに警戒の色が浮かんだ。

「どうしてそんなことを、お訊《き》きになるんです？」

町田晴美の容疑は依然として晴れてはいない。依頼殺人の線が浮上してきたことで、よけいに彼女の容疑は強まったといえる。

丸谷は慎重に言った。

「和田康治殺害について、インターネット上のゲームが関連しているという噂があるのです」

「噂ですか？」

「どうやら、ネット上で広まった噂のようなのですが……」

彼女は、相変わらず戸惑った表情のままだった。

丸谷は、もう一度同じ質問をした。

「ゲームやインターネットがお好きなお友達はいらっしゃいますか？」

「ええ、あの……」

戸惑いの表情のまま、こたえた。「まあ、ゲームやパソコンに詳しい知り合いはいますが……」

「お名前を教えていただけますか？」

一瞬、抗議の姿勢を見せた。だが、町田晴美はそれが無駄なことだとすぐに気づいたようだ。

「川島肇といいます」

丸谷はもちろんその名前を知っていた。

町田晴美が付き合っている男性だ。

「なるほど……」

「でも」

町田晴美は言った。「ゲームが好きといっても、マニアというほどじゃありません。話題のゲームソフトが出たら買ってきて遊んでいる。その程度です」

「パソコンにはかなりお詳しいのですか？」

「ええ。パソコンを買った当初、いろいろなことを教えてもらいました。彼がいなかったら、とっくに放りだしていたでしょうね」

「ほお……」

「あの……」

町田晴美は、不安げな様子で言った。「あたしたちは、何かの疑いをかけられているのですか？」

丸谷はその質問には直接こたえなかった。

「ある噂がある。それについて、いろいろな人に話を聞いて回っている。ただ、それだけです」

「あたしも川島さんも、事件が起きた当日は、研修で伊東にいたんですよ。いっしょに研修に参加していた人たちが証言してくれたはずです」

丸谷はうなずいた。

「もちろん、それは知っています」

「だったら……」

「あくまでも、ただお話をうかがいに来ただけです。少しでも可能性があれば、つついてみなければならない。それが刑事の仕事なんです」

町田晴美の表情は曇ったままだった。

「ついでと言ってはなんですが……」

丸谷は言った。「川島さんにもお話をうかがいたいのですが」

町田晴美の緊張が高まるのがわかった。

「ちょっとお待ちください」

彼女は席を立ち、受付に向かった。すぐに戻ってくると、彼女は言った。

「今、降りてきます」

「ありがとうございました。あなたは、もうけっこうです」

町田晴美は、何か言いたげにしばし立ち尽くしていたが、やがて、小さく会釈するとエレベーターに向かった。エイキチは、町田晴美が去っていくのを見て、心残りのような顔をしていた。

三分ほどで、川島肇がやってきた。

きちんとした身だしなみの青年だ。背広の着こなしがうまい。ネクタイとワイシャツの色も合っている。ブルーグレーのワイシャツに、紺と緑のレジメンタルタイだ。ハンサムな部類に入るだろうと、丸谷は思った。美人と美男のカップルだ。

「刑事さんですか?」

川島は言った。物腰は柔らかい。「ええと、ご用件は……?」

丸谷は、町田晴美に言ったことを繰り返した。

「その後、何か思い出されたことはありませんか」

「いいえ、特にこれといって……」

川島のほうが町田晴美よりも少しだけ協力的だ。そんな印象があった。

「今、町田さんにうかがったんですが、あなた、ゲームとかパソコンにお詳しいそうですね」

「ええ、まあ……」

川島は苦笑した。照れているのかもしれない。「人並みには……」

おそらく人並み以上なのだろうと、丸谷は思った。

「ネットゲームなどもなさりますか」

川島は、不思議そうな顔で丸谷を見た。町田晴美と似たような反応だった。

「ええ。ごくたまに……」

「どんなゲームを?」

「適当に参加します。ゲームのサイトを集めたリンク集なんかを利用しますね」

「ミステリは、お好きですか?」

「ミステリですか……?」

「殺人事件を扱ったような小説です」

「まあ、嫌いじゃありません」

「ミステリを題材としたネットゲームなど、なさったことはありますか?」

「さあ……」

川島は首をひねった。「特に記憶にはありませんが……」

丸谷は、川島を観察していた。緊張している。それが、指の動きに出ている。意識せずに指をせわしく動かしているのだ。

だが、刑事の訪問を受けると誰でも緊張するものだ。彼の場合は、どうだろう。通常の緊張だろうか。それとも、何か意味のある緊張だろうか……。

『殺人ライセンス』というネットゲームをご存じですか」

「いいえ」

川島はこたえた。「知りません」

「和田康治氏殺害に、このゲームが関係しているという噂がネット上に流れているようなのですが、ご存じありませんか」

「いいえ。知りませんね」

「インターネットはおやりなんでしょう？」

「ええ。でも、特定のページに行くことが多いので……」

「特定のページ。どんなページです？」

川島は口ごもった。

「まあ、いろいろありますが……」

「具体的には？」

「アダルトページですよ」

川島は、笑った。丸谷たちがいっしょに笑うことを期待していたようだが、丸谷もエイキチも笑わなかった。

川島の笑いがぎこちなく消えていった。

丸谷は、型どおりの礼を言って立ち上がった。

＊

キュウは、馴染《なじ》みの掲示板を巡回していた。メールの着信音が鳴ったので、メーラーを開いた。

くるるんからのメールだった。

ビックリマークがついている。

「今、『殺人ライセンス』が出ています。次のURLにコンタクトしてください」

キュウはそのURLをクリックした。

自動的にそのページに飛ぶ。例の禍々《まがまが》しいトップページが現れた。

キュウは、咄嗟《とっさ》にどうしていいかわからず、おろおろした。

時計を見た。すでに午前二時を過ぎている。こんな時間によその家に電話するのは非常識だ。

迷った末に、相沢の家にかけた。

呼び出し音が三回で相手が出た。相沢の声だった。級友の家にかけて、父親が出てほっとしたのは、これが初めてだ。

「夜遅くにすいません」

「かまわんよ。ネットを調べているうちに、すっかり夜更かしの癖がついた。……で、どうしたんだ？」

「今、『殺人ライセンス』がアップされています。URLを言います」

「待ってくれ」

相沢の声に緊張が走る。「いいぞ、頼む」

キュウは、URLを二度繰り返した。相沢が言った。

「今、つないでみる」

しばらく待つと、また相沢の声が聞こえてきた。

「出た」

「次のページへ行ってみてください。今回のターゲットが表示されています」

ややあって、相沢が言った。

「あった。エリコ、二十九歳。人妻だって……？」

「出会い系サイトで知り合った男を弄《もてあそ》んで捨てたと書いてありますね」

「つまり、これが次の……」

「そう」

キュウは言った。「実際の殺人のターゲットになるはずです」

16

「いったん、電話を切る。丸谷に知らせなければ」

「わかりました」

「こっちからかけ直す」

電話を切り、相沢は、すぐに丸谷の携帯電話にかけた。いつものとおり、呼び出し音三回で丸谷が出た。

「相沢だ。今、『殺人ライセンス』が出ている」

「ちょっと待て」

丸谷の声に緊張が走る。

「URLを言う。正確に書き取ってくれ。一字違ったり、ドットとコンマを間違えたりするだけでもつながらない」

「URL？」

「ホームページのアドレスだ。いいか？」

「ああ、頼む」

相沢は、URLを教え、丸谷がそれを復唱した。

「俺はこれから、キュウと二人でゲームをやってみる」

相沢が言うと、丸谷はそのことについて何もコメントしなかった。

「知らせてくれて、感謝する」

電話が切れた。

相沢は、キュウの携帯電話にかけ直した。

「さあ、どうすればいいんだ？」

「最初のページに、『殺人依頼書』と『殺人請け負い』という選択肢がありますね？」

相沢は画面を見た。

「ああ。ある」

「『殺人依頼書』というのは、ターゲットを登録する画面につながります。『殺人請け負い』というのが、ゲームに参加する選択肢です。そこをクリックすると、メールアドレスや、こちらの特技を聞いてくるページにつながります」

「特技だって？」

「僕が最初にゲームに参加したとき、適当に『プロレス』なんて書き込んだんです。でも、そういうのもチェックポイントになっているのかもしれません。とにかく、やたらハードルが高いゲームなんです。ちょっとでもミスをするとゲームオーバーです」

「わかった。慎重に書き込むよ。特技は……」

相沢は考え込んだ。

キュウの声が聞こえてくる。

「僕はパソコンと書きます。ネットの世界では決して詳しいほうじゃないけど、ほかに取り柄がないから……」

「じゃあ、私は、サラリーマン時代のことを思い出して、セールストークとでも書くかな……。本当は営業は苦手だったんだが……」

「メールアドレスを書き込むのは不安ですが、仕方がありません。それがゲームに参加する条件なんです」

「わかった」

相沢は、メールアドレスを打ち込んだ。

「それからスタートボタンを押します。すると、ターゲットの詳しい特徴を書いたページに行きます」

相沢はスタートボタンをクリックした。

ターゲットの名は「エリコ」。最初のページにも名前が載っていた。出会い系サイトで知り合った若い男を弄んだ人妻だ。そこまでは最初のページにも書かれていた。

エリコの住まいは、東京の郊外のマンション。夫と二人暮らしで専業主婦だということだ。趣味は、読書。

年齢は二十九歳。携帯電話の出会い系サイトで、何人もの男と関係を持ったという。地方の若い男性と知り合い、その男性が上京した際に関係を持った。

その後、若い男性は何度も上京し、エリコは、離婚をほのめかしはじめた。だが、結局はそれは嘘で、ただ若い男を弄んだだけだったと書かれてある。

「なんだよ、これ……」

相沢は言った。「こんなことが、殺人依頼の動機になるのか……」

「今はおかしなやつがいっぱいいますからね……」

「おそらく、弄ばれたと感じた、地方在住の若い男というのが、ターゲットの登録をしたのだろうな」

「そうだと思います」

「しかし、出会い系サイトなんかで遊んでいる人妻も悪いが、それに騙《だま》されてその気になるほうもどうかと思う」

「本人はそうは思わないのでしょう」

「二つの殺人をやってのけたやつが、またこのゲームをすべてクリアしたら、エリコというターゲットは本当に殺されてしまうかもしれない」

相沢は自分で言って、ぞっとした。

「殺人依頼をした参加者は、そこまで考えていないのかもしれません」

次に相沢は第一の関門にやってきた。

ターゲットとの接触の方法を選択するようになっている。

「相手を呼び出す」か、「自分が近づく」かのどちらかになっている。

「ここは、前に僕がやったときとほとんど同じです」

キュウが言った。

「さて、二人で同じ選択肢を選ぶ方法もあるが、君と私で別のこたえを選べば、どちらかが生き残る可能性が増える」

「二択なら、それもいいでしょう。でも、この先、選択肢がものすごく増えるんです。二人で相談して進んだほうがいいと思います」

「わかった。最初の関門はどうする？　呼び出すか、こちらから訪ねていくか……」

「呼び出すほうがいいでしょう。マンションに住んでいるとなると、目撃される恐れがあります」

「呼び出す方法は？　選択肢には、『公衆電話を使う』『携帯電話を使う』『手紙を出す』『eメールを使う』『メッセンジャーを使う』以上の方法があるが……」

「携帯からかければ記録が残りますよね。eメールは、無料メールを使う手があります」

「手紙を出すと、消印などから捜査の範囲を絞られる恐れがある。メッセンジャーなんか使ったら、そいつが警察にタレ込んだり、口を割ったりする恐れがある」

「eメールを使うというのを選択した場合、無料メールのこととは解釈してくれないでしょうね。こちらのメールアドレスが相手のメーラーやサーバーに残ると考えたほうがいい」

「じゃあ、公衆電話で呼び出すという方法が一番いいな」

「じゃ、そうしましょう」

次の項目は、凶器だ。

「素手」「包丁」「ナイフ」「金属バット」「ゴルフクラブ」「紐《ひも》」「ネクタイ」「ロープ」「青酸カリ」「砒《ひ》素《そ》」「サリン」「高所から突き落とす」「自動車」「電車」

ばかばかしい選択肢もある。

サリンだって……？

相沢は、真剣に考えた。相手は、二十九歳の女性だ。その気になれば、どんなことも実行可能のような気がした。

問題は、どの方法が一番効率がよく、しかも証拠を残さずに済むかということだ。これは完全犯罪を競うゲームなのだ。

「青酸カリや砒素なんかの薬品は、入手経路を特定されやすいですよね」

キュウが言った。

なんだか、発言が自分より探偵らしいような気がして、相沢は対抗心を燃やしはじめた。

「自動車は論外だ。証拠が残る。電車はどうだ？　踏切や駅のホームから突き落とすんだ」

「前に電車を選択して、その瞬間にゲームオーバーになりました。目撃者が多すぎるという理由でした」

「ありきたりだが、包丁かナイフで刺し殺すか、ネクタイ、ロープ、紐なんかで絞め殺すのがいいのかな……」

「これまでの二件の殺人は、刃物による殺人でしたよね」

「じゃあ、刃物にしよう。ナイフは買った店などからたどられる恐れがあるから、どこにでもある包丁を使う」

相沢は凶器に包丁を選択した。

しばらく画面は動かない。

「やった。次のステージに進めましたよ」

ややあって、相沢のほうも次のページに移行した。

犯行場所の選択だ。

相手を呼び出すことを選択したので、この選択肢につながったのだろう。

「駅」「デパート」「スーパーマーケット」「自宅そばの公園」「ターゲットが通うカルチャースクール」「ラブホテル」「車の中」「郊外の林の中」「深夜の街の中」「あなたの自宅」

以上の選択肢がある。選択肢の数がどんどん増えていくように思える。

「可能性があるのは、自宅そばの公園とか、ラブホテル、郊外の林の中というところかな……」

「郊外の林の中となると、そこまで連れて行かなければなりませんよね」

「車が必要になるな……。二人で車に乗っているところを、誰かに目撃されるかもしれない」

「タクマのときは、自宅そばの公園でしたね」

「ターゲットが通うカルチャースクールというのはどうだ？」

「目撃される可能性が大きすぎますよ」

「呼び出すわけだからな……。深夜の街の中という手もある。街中には、犯行に使えそうな場所もあるだろう」

「相手は主婦ですから、深夜に出てこられるかどうか……」

「なるほど、いざ人を殺すとなるとなかなか面倒なものだな……」

「でも、それをやってのけているやつがいるんです」

「ラブホテルというのはどうだ？　車で入って、部屋で支払いを済ませて、また車で出るタイプのホテルがある。それならば、顔を見られないで済む」

「そうなんですか？」

「ああ……。だが、どこかに防犯カメラがあるかもしれない」

「変装をすればなんとかなるかもしれません。けっして指紋を残さぬように注意をして……」

「いけるかもしれない。相手は出会い系サイトで男あさりをやっている。ラブホテルにはそれほど抵抗感がないかもしれない」

「僕は、郊外の林もありのような気がします。車はそれほど障害にならないかもしれない……」

「じゃあ、そっちは郊外の林、こっちはラブホテルを入れてみよう」

「はい」

相沢はラブホテルを選択する。

しばらく画面はそのままだ。やがて、ゲームオーバーのメッセージが出た。

「こっちはだめだった」

相沢は言った。「『あなたは、逃走するときに従業員に姿を見られ、そのために逮捕されました』。そう書いてある」

「こっちは先に進みました。犯行時間の設定です。『早朝』『午前中』『午後』『夕方』『夜』『深夜』この中から選ぶことになっています」

「早朝や深夜は、ターゲットが主婦ということを考えると難しいだろう。夕方になるとご主人の帰宅することを考えて、家を空けたがらないだろうし……」

「午前中か午後……。いずれにしろ日中ということになりますね」

「午前中に家事を済ませることが多いんじゃないか。となると、午後だな」

「はい。午後を選択します」

しばらく待つ。

「進みました。次は、偽装についてです。『知り合いの犯行に見せかける』『家族の犯行に見せかける』『強盗に見せかける』『行きずりの殺人に見せかける』『偽装はしない』」

相沢はうなった。

「いったい、いくつ関門があるんだろう」

「見当もつきませんね。偽装、どうします？」

「君はどう思う？」

「家族の犯行に見せかけるというのがいいかもしれません。こういう殺人事件の場合、警察はだんなさんを疑うと、何かで聞いたことがあります」

「そうだな……」

相沢もその話は知っていた。多くの殺人は、配偶者によって行われるらしい。「それでいってみよう」

「選択しました……。あ、ゲームオーバーです」

「理由は？」

「あなたは、偽装の際のミスから捜査員に手がかりを与え、それによって逮捕されました」

「ここまでか……」

「でも、おそらく、もう一歩でしたね」

「こんなゲームをクリアするやつがいるんだ」

「僕たちって、考えてみたら、すごいこと、相談してましたよね」

「ああ。人殺しの相談だからな……」

キュウが言いたいことはわかった。

ゲームにのめり込めばのめり込むほど、実際の殺人という感覚から遠のいていく。人が死ぬというのは、悲しいことだ。遺族の喪失感というのは計りしれない。

そして、その死を自らの手でもたらすというのは、きわめて恐ろしいことだ。その普通の感覚が麻痺《まひ》したような気がしていた。

「そいつが、このゲームの恐ろしさだな」

相沢は言った。

「そうですね」

キュウの声も沈んでいる。

「警察に、URLを教えた。何か手を打っているかもしれない。それを期待しよう」

「はい」

「じゃあな……」

相沢は電話を切った。

すでに三時を過ぎている。最初のページに戻ってみようと、ブラウザの「戻る」ボタンをクリックした。

「ページを表示できません」というメッセージが出た。何度か「戻る」ボタンをクリックしても結果は同じだった。

「消えちまったか……」

相沢は、ひどい疲れを覚えて、パソコンの電源を落とした。

＊

捜査本部には、人がまばらだった。一部の捜査員は、柔道場の蒲団《ふとん》にもぐり込んでいるし、一部は帰宅していた。

相沢から電話をもらったとき、丸谷は、定まらぬ思考の焦点を定めようとし、頭の中に散らばる断片をかき集めようとしていたが、あまりうまくいっていなかった。

捜査本部内のにおいはますますひどくなっている。汗と煙草のにおい。そして、ストレスにさらされた人間が発する独特の体臭。

隣のエイキチのコロンも、だんだんと効果を失いつつあった。

なるほど、聞き込みに行った刑事があまり好かれない理由の一つはこれだな……。

ぼんやりとそんなことを考えはじめたときに、携帯電話が鳴ったのだ。

捜査本部の中はにわかに慌ただしくなった。エイキチがパソコンのブラウザを立ち上げて、即座にアドレスを打ち込む。

同時に、捜査主任の田端捜査一課長が、ハイテク犯罪対策総合センターに連絡した。

本部に残っていた捜査員は、十名ほどだったが、その全員が、パソコンのディスプレイの前に集まった。

真っ黒な背景に深紅のおどろおどろしい文字が浮き上がっている。「殺人ライセンス」

「こいつか……」

誰かがつぶやいた。

「殺人依頼書」「殺人請け負い」の文字。エイキチは「殺人請け負い」のページに進む。そこで、すばやく何かを打ち込んだ。

「何だ、それは……」

丸谷はエイキチに尋ねた。

「僕のメールアドレスです。それと特技ね。ナンパ」

次のページには、殺人のターゲットのプロフィールが書かれている。

エリコ。東京郊外のマンションに住む人妻。出会い系サイトで知り合った若い男を弄《もてあそ》んで捨てたとある。

「このページをコピーして保存します」

慌ててメモを取ろうとしていた捜査員が手を止めた。

「ターゲットとどうやって遭遇するか聞いています。呼び出すのか、こちらから訪ねていくのか……」

丸谷は考えた。

「こちらから訪ねていくと打ち込め。たいていの犯罪は被害者の住居で行われる」

それが丸谷の常識だった。

エイキチは言われたとおりにクリックした。

「ありゃ……」

「どうした？」

エイキチが言った。

「ゲームオーバーです」

「ゲームオーバー？」

「あなたは、マンションの住人に目撃されて、その情報がもとで逮捕されました。そう書いてあります」

丸谷は舌打ちした。

「そううまくいくかよ……」

捜査員たちは、すでに終わったゲームの画面をじっと見つめていた。

「最初の関門もクリアできなかった……」

エイキチは悔しそうに言った。

丸谷は自分が非難されたような気分になっていた。

「俺は殺人犯には向いていないということだ。捕まえるほうなんでな」

丸谷は、言い訳がましいと思ったが、そう言わずにはいられなかった。素人が作ったゲームに弄ばれたような気がして、腹が立った。

たしかに言い訳だ。

犯罪者の行動を理解していなければ、刑事は務まらない。多くの犯罪が、被害者の自宅で行われるというのは本当だが、冷静に考えてみれば、それは激情に駆られた突発的な事件も含まれる。

ターゲットはマンションに住む人妻。計画的な犯行ならば、ほかの場所を選ぶかもしれない。

丸谷は、かぶりを振った。思考力が明らかに落ちている。まともなことが考えられなくなっているのかもしれない。そう思うと、不安に駆られた。

捜査本部は不気味な静けさに包まれていた。誰もが、何かをしゃべりたいに違いない。だが、何を言っていいかわからないのだ。そういう種類の沈黙だった。

「殺人ライセンス」は実在した。

捜査本部の面々が初めてその実物を眼にした瞬間だった。

その沈黙が電話のベルで破られた。

即座に電話を取ったのは、田端捜査一課長だった。

ほとんど、言葉を挟まず相手の話を聞いている。左手で受話器を持ち、右手でメモを取っている。叩《たた》き上げらしく、課長になっても刑事の基本をちゃんと守っている。

田端課長は電話を切ると、捜査員一同に言った。

『殺人ライセンス』がどこから発信されているかわかった。アメリカのノースカロライナ州アッシュビルという町だそうだ」

捜査員の誰かが言った。

「それ、田舎町だぞ。なんでそんなところで……」

エイキチがうんざりした顔で言った。

「だから、それはサーバーがある場所ですよ。ネットの世界に、現実の住所はあまり関係ありません。ここからだって、そのサーバーにアップロードできるんですよ。おそらく、それ、無料サーバーでしょう。どこにいても、商売ができるのが、ネットの世界なんです」

「無料でどうして商売になるんだ？」

「バナー広告を取るんです。アクセス数によって広告料が入ってくる仕組みですから、いろいろな人にサーバーを提供して、アクセス数を増やすんです」

捜査員たちは、わかったようなわからないような顔をしている。実際にインターネットをやっている人間でも、その仕組みをちゃんと理解している者は少ないはずだ。

中年過ぎの捜査員に、インターネットの話は酷というものだ。だが、対処しなければならない。

「それで……」

丸谷は課長に尋ねた。「ハイテク犯罪対策総合センターの連中は、これからどうするんです？」

課長は、戸惑ったように丸谷を見た。

「俺に訊《き》くな。連中が何をしているのか、俺にはさっぱりわからんのだ」

「ゲームを作って、運営しているやつが、日本にいるはずなんです。そいつを突き止められませんか？」

「突き止めようとしているはずだ」

田端課長は唸《うな》るように言った。「これまでは、見たこともないゲームを探して回っていた。今日は、そのゲームを見つけた。一歩前進だろう。彼らだって、やることはやってくれるはずだ。俺にはそうとしか言えん」

丸谷はうなずくしかなかった。

この捜査本部では誰もが、手探りで話をしている。そんな気がした。こんな捜査本部は初めてだ。

犯罪捜査に関して、刑事たちはそれなりの自信を持っている。猫がネズミを捕まえるのに疑いを持たないのと同じだ。

だが、ハイテク犯罪というやつはやっかいこの上ない。

昔は一握りの専門技術者だけが独占していた技術を、今は一般大衆が手にしている。

昔、少年がペンタゴンにハッキングをしたというニュースを聞いたが、今はもっと技術が大衆化し、誰でもハイテク犯罪が可能な環境になっている。その橋渡しをしたのが、パソコンでありインターネットなのだ。

「あ……」

　エイキチが声を上げ、捜査員たちが彼に注目した。エイキチは、まだパソコンをいじっていた。

「どうした？」

　丸谷は尋ねた。

「消えました」

「消えた？」

「『殺人ライセンス』です。サーバーから消えたみたいです」

「噂どおり神出鬼没というやつか……」

　丸谷は、言った。「さっき保存したページ、印刷できるか？」

「できますよ」

「印刷して、みんなに配ってくれ」

　エイキチはすぐに作業に取りかかった。その間に、丸谷は田端課長に言った。

「ゲームのことは専門家に任せるしかありません。我々には、やるべきことがあるはずです」

「やるべきことはやっている。だが、どこをどうついても、ハイテク犯罪の壁にぶち当たる」

「そんな気がしているだけです。たしかにハイテク犯罪はやっかいですが、その何割かはまやかしですよ」

「まやかしだって？」

「インターネットだ、ゲームだ、サーバーだ……。そんな言葉に誤魔化されているだけです。誰かが、東京と大阪で人を殺した。事実はそれだけです」

田端課長は考え込んだ。ほかの捜査員たちは、何も言わず、田端課長と丸谷のやりとりを聞いている。

エイキチが人数分のコピーをたずさえて丸谷のところにやってきた。丸谷は、それを捜査員たちに配るように言った。

「これは、次の殺人のターゲットです」

丸谷は言った。

田端課長は、顔をしかめて紙を見つめた。どう判断していいか迷っている様子だ。ほかの捜査員たちも似たり寄ったりだった。

実を言うと、丸谷も百パーセントの確信があるわけではない。だが、今や疑いはないと信じるに足る材料がある。

「目黒の和田康治、大阪の塩崎琢磨、いずれも、このゲームのターゲットにされていました」

年輩の捜査員がそれに対して言った。

「その事実は確認されていない」

丸谷は、その捜査員に対してうなずいて見せた。

「そう。確認は取れていません。しかし、そういう証言があります」

「ゲームのターゲットだったというが、実名が書かれていたわけじゃないんだろう」

「ストーカーにいじめ。それに住んでいる場所が一致しています。そして、実名を類推させる名前。これだけ一致すれば偶然とは考えられない。そうじゃないですか……」

「そりゃ、まあね……」

年輩の捜査員は、曖昧《あいまい》に言って紙に眼を戻した。

「そして、この人妻ってわけか……」

田端課長は言った。「東京の郊外にあるマンション住まい。名前は、エリコ。夫と二人暮らしで専業主婦。趣味は読書。年齢は二十九歳。携帯電話の出会い系サイトで男とよろしくやっている……」

「これだけの手がかりがあれば、人物を特定するのに、それほど時間はかからないと思いますが……」

丸谷が言うと、田端課長は顔を上げた。

その眼の輝きがさきほどとは変わっていた。戸惑いの色などない。

田端課長は言った。

「たしかにな……。警察の組織力をもってすれば、これだけの手がかりがありゃあ、どうってことない。それこそ、警視庁のハイテクがものをいってくれるだろうぜ。それで……？」

田端課長は、わざと質問している。丸谷はそう感じた。わかりきったことをしゃべらせて、試しているのかもしれない。

あるいは、丸谷にしゃべらせて、その内容をちゃんと判断したいと考えているのかもしれない。

「目黒の事案と、大阪の事案が、連続殺人だとしたら、同じ犯人がまた人を殺すつもりで、のこのこ姿を現すかもしれません」

「連続殺人ね……」

本庁の捜査員が言った。丸谷と同じくらいの年齢だ。「二つの殺人に関連があることは、まあ、ある程度納得したよ。実際にこの眼でゲームも見たことだしな……。しかし、同一犯人の犯行かどうかは疑問だな……」

この捜査員は、所轄の刑事に主導権を握られそうなのが面白くないのかもしれない。

丸谷はそう感じた。

「なぜです？」

丸谷は、尋ねた。「連続殺人ではないと、あなたが思う理由は何です？」

「理由ね……」

捜査員は疲れた様子で、顔を両手でこすった。「地理的に離れているし、被害者に直接の関連はない」

「大阪と東京は、のぞみに乗れば二時間ちょっとですよ。それに、被害者には、『殺人ライセンス』のターゲットだったという共通点がある」

「だって、ネットゲームには不特定多数の人が参加できるだろう。ならば、容疑者もその不特定多数の中にいることになる。一人とは限らない」

「それが、さっき私が言ったまやかしですよ」

「なんだって？」

「たしかに『殺人ライセンス』には、何人が参加したかわかりません。しかし、ゲームに参加しただけでは、ターゲットの住所も本名もわからないんですよ」

本庁の捜査員は、珍妙な顔をした。手品の種を明かされたときのようだ。

「そう」

丸谷は、続けて言った。「犯人は何らかの方法でターゲットの本名や住所、少なくとも連絡先などを知っていた。でなければ、犯行にはおよべない」

「しかし……」

「エイキチ」

丸谷は、相手の反論を聞く前に言った。「二つの事案の共通点は？」

エイキチがこたえた。

「殺人の手口が同じです。凶器は包丁のような刃物。そして、双方の事件とも、おどろくほど遺留品が少ない」

相手が押し黙った。考え込んでいる。

「よし、わかった」

田端課長が言った。今では見違えるくらいにいきいきとした表情をしている。「それで、丸谷、あんたの読んだ筋は？」

「依頼殺人です」

「ほう……」

田端課長が面白そうに薄笑いを浮かべた。「ようやく話が現実味を帯びてきたじゃねえか」

「ゲームのターゲットには共通点があります。いずれも、犯罪かあるいは犯罪に近い行為で人に怨《うら》まれています。そして、おそらくターゲットとしてゲームに登録したのは、その怨みを抱いている人かそれに近しい人。犯人は、ゲームを通してターゲットのことを知り、ターゲットの登録者と何らかの形で連絡を取ったのかもしれません。そして、ターゲットの実名と住所、連絡先などを入手した。それから、何らかの報酬も……。それが、私の読みです」

「悪くねえな」

田端課長が言った。「俺たちはいったい、今まで何をやっていたんだろうな。よし、このエリコっていうちょっといたずらが過ぎる人妻の特定を急ごう。そうすりゃ、先手を打てる」

　また別の捜査員が言った。

「ゲームの管理者のほうは放っておいていいんですか？」

　田端課長がこたえた。

「そっちは、ハイテクの連中に任せるしか手はねえだろう」

「いや、手はありますよ」

　エイキチが言った。捜査員たちがまたエイキチに注目した。

　丸谷は、いつしかエイキチの発言に期待するようになっている自分に気づいた。

「なんだ？」

　田端課長が言った。「手があるって？　言ってみろ」

　エイキチは、おどろくほど緊張感のない口調でこたえた。

「マスコミに、『殺人ライセンス』と二件の殺人事件の関連を発表するんです」

「なんだって？」

　本庁の捜査員が目を剥《む》いた。「そんなことをしたら、かえってゲーム作ったやつや、犯人に警戒されるじゃないか」

「逆だと思いますよ。ゲームを管理して、しかもそれをあちこちの無料サーバーに不定期にアップする……。これって、ものすごく手間がかかることなんです。普通やりませんよ、こんなこと。それに、犯人はどこか愉快犯的なにおいがします。こういう犯罪者たちって、マスコミが騒げば騒ぐほど調子に乗る傾向があると思います」

丸谷は、また一理あると感じていた。

田端課長が、伸びてきた顎《あご》ひげを指で擦《こす》っていた。しきりに考えているのだ。

「それで……」

課長はエイキチに言った。「マスコミに流してどうしようっていうんだ？」

「情報提供を求めるんです」

「情報提供……」

「ゲームの管理者も犯人も、ネットが隠れ蓑《みの》になると思っているんです」

「事実、俺たちはそれに翻弄《ほんろう》されている」

「それ、丸谷さんもいったように錯覚ですよ。人が何かをすれば、必ず痕跡《こんせき》が残る。ネットの世界でうまく痕跡を消したつもりでも、実社会ではおどろくほど無防備だったりするんです。つまり、『殺人ライセンス』を作って運営しているやつにも、友達や同僚、家族はいるでしょう。そして、誰かはその事実を知っているかもしれない」

丸谷は、エイキチを見つめ、それから田端課長の顔を見た。

課長は、エイキチを見据えて考えている。やがて、課長は言った。

「なんだ、おい……。ハイテク犯罪の化けの皮がはがれてきたじゃねえか……」

エイキチが言った。

「そうです。ネットの世界にうまく身を隠したつもりでいるやつの、インチキな魔法をはぎ取ってやるんですよ」

「だが、ゲームと殺人の関連を発表するってのは、ちょっとばかり度胸がいるな……」

　エイキチは肩をすくめて言った。

「マスコミだってばかじゃありません。もう、ネット上の噂を嗅《か》ぎつけているでしょう。妙な形で抜かれるより、会見で発表したほうがいいですよ」

「違いない」

　田端課長は言った。「明日《あした》一番に、刑事部長に相談する」

　深夜三時を過ぎているが、捜査員たちの表情に明るさが宿り、全身から活力が感じられた。丸谷も疲れを忘れた。

「ようし」

　田端課長は言った。「エリコだ。エリコの特定だ。東京都下の所轄にある地域課の住民情報をかき集める。寝てるやつを叩《たた》き起こしてこい」

　捜査員たちはいっせいに動き出した。

17

「てめえ、『殺人ライセンス』のターゲットにするぞ」

廊下を歩いているとき、遠くからそういう罵声《ばせい》が聞こえて、キュウはぎょっとした。

そちらを見ると、三人の男子がふざけあっているようだった。

「……ざけんなよ、まったく」

キュウは、つぶやいた。

「殺人ライセンス」がジョークの種になっている。すでに噂の練熟期に入っているのかもしれない。

「あれ、いじめじゃねえよな」

隣を歩いているタモツが、その声のほうを見やって言った。

「こんなところで、堂々とやるいじめがあるかよ」

キュウが言った。「ふざけてるだけだよ」

「『殺人ライセンス』のターゲットにする、か……。ばっかだよなあ……」

「けど、冗談じゃ済まないよ。誰かがたまたま『殺人ライセンス』に行き当たって、冗談でターゲットを登録しちまったら、本当に殺されるかもしれないんだぜ」

「だからよ、自分の身は自分で守るために、体鍛えなきゃならねえんだよ。みんな、そんなことも忘れて、なに騒いでんだよ」

「え……」

キュウは、意外な点をつかれたような気がした。「自分の身は自分で守る、か……」

「なにびっくりした顔してんだよ。当たり前のことだろう」

「おまえにとっては当たり前だろうけどな……」

「今流行《はや》りの言葉でいえば、危機管理だよ。俺から言わせれば、みんな無防備すぎるんだよ。おまえも空手くらいやれよ」

「俺、痛いの、やだよ」

「ばっかだなぁ。殺されるの、もっと痛えぞ、きっと」

だが、タモツの言うことにもうなずける。

自分の身は自分で守るというのが、第一の原則だ。なんだか、みんなそれを忘れて右往左往しているような気がする。

「殺人ライセンス」というゲームが人を殺すわけではない。そのゲームの参加者の誰かが、つまり、人間が人間を殺すのだ。

そのことを、誰もが忘れているような気がする。

「昨日もそのゲーム、見たんだって？」

タモツが言った。

「なんで知ってんだ？」

「相沢が言ってたよ。オヤジさんと、夜遅くに電話してたんだろう？」

「ああ。いいところまでいったけど、全面クリアはできなかったな……」

「全部クリアするとどうなるんだよ？」

「知らない」

キュウは言った。

「何か賞品がもらえるのか？」

「そんな話は聞いたことがないな」

「じゃあ、なんでそんなゲーム、やるんだよ。時間の無駄じゃん」

「ゲームってのは、何かもらうためにやるんじゃない。クリアすること自体が楽しいんだ」

「俺にはわかんねえな……」

なるほどな。

キュウは考えた。クリアした報酬か……。

市販のゲームでも、いろいろなところにアイテムが隠れており、ゲームをうまくやるとそのアイテムを手に入れることができたりする。

タモツ流に言うと賞品がゲームの中に用意されている。もしかしたら、「殺人ライセンス」もそうなのかもしれない。

キュウはそんなことを考えた。

「おまえよ……」

タモツは、立ち止まって廊下の窓にもたれた。

「なんだよ？」

「本当に相沢のこと、何とも思ってねえのかよ」

「別に……」

「でも、教室で相沢に会うと、何か態度おかしいじゃん」

「おかしかないよ」

「おかしいよ。妙にどぎまぎしてよ……。おまえらしくないじゃん」

「俺はいつもおどおどしてるよ」

「そんなことねえよ。相沢に会うときは態度、変だよ」

「おまえ、誤解してるよ」

「誤解……？　どういうことだよ」

キュウは、気恥ずかしくなった。眼をそらすと、自分の顔が火照っているのがわかった。

「なんだよ」

タモツが言った。「言ってみろよ」

言いたくなかったが、タモツも何か思い詰めたような様子がある。

「相沢じゃないんだよ」

「何だって？」

「ほら、いつも相沢といっしょじゃん。だから……」

「あ……」

タモツが声を上げた。キュウはちらりと横目でタモツを見た。うれしそうな顔をしていた。

「おまえ、高田祥子が……」

「そうだよ」

キュウは自嘲《じちょう》気味の口調で言った。「だから、相沢のことは本当になんとも思ってないんだよ」

タモツが押し黙った。何事かと、キュウはタモツを見た。

「だったらよ……」

タモツが言った。「俺のこと、相沢にうまく言ってくれねえか」

「待てよ……」

キュウは言った。「俺だって、相沢とそんなに親しいわけじゃないんだ」

「オヤジさんと仲いいんだろう？　ポイント高いじゃん」

「相沢、あまりオヤジさんと話をしないみたいだぜ」

「そんなこと、ねえだろう。絵に描いたようなお嬢さんじゃん」

学校で見る相沢と、自宅で見る相沢はどこか違う。だが、タモツにそれを伝えるのはかわいそうな気がした。

キュウはそっと溜《た》め息をついた。

「あまり、当てにするなよ」

タモツは、無邪気にうれしそうな顔になった。キュウは気が重くなった。

*

その日の放課後も、相沢の自宅に行った。もう、麻理抜きでも平気で訪ねることができた。

「おう、キュウ君か。待ってた」

麻理の父親がそう言ってリビングルームに招き入れた。最初の訪問のときは歓迎してくれた麻理の母親が、ちょっと冷たくなった気がした。麻理も、部屋からあまり出てこなくなった。

男たちと女たち。完全に断絶している。それを肌で感じ取っていた。

「昨日は惜しかったたな」

麻理の父親が言った。

「ええ。かなりのステージまで行ったんですけど……」

「警察は、あのURLから、何か探りだせると思うか?」

キュウは首をかしげた。

「どうでしょう。アメリカあたりのサーバーはすぐにわかるでしょうけど、その先は……。それ以上のことをやろうとすると、犯罪行為になりますから……」

「なるほどな……」

「もう、僕たちにできること、ありませんよね」

「ゲームを全部クリアしてみたいな。そうしたら、何か起きるかもしれない」

そうかもしれない。

「でも、ゲームを見つけること自体がむずかしいですから……」

ふと、麻理の父親が言った。

「そこなんだが……」

「なんです?」

「君は、もう三度も『殺人ライセンス』にアクセスしている」

「ええ……」

「それって、あのゲームの出没の仕方を考えると、たいへんな頻度じゃないか?」

これまで、そんなことは考えたことがなかった。

「そうですか?」

「この短期間に三度だ。そして、そのつど、ターゲットは変わっていたんだろう。つまり、君は三人のターゲットを知っていることになる」

「まさか……」

キュウは、麻理の父親の顔をまじまじと見た。「僕を疑ってるんじゃないでしょうね」

「いや、そうじゃない。君がどうやって、この短期間に三度もアクセスできたのか。それを考えていたんだ」

「ネットの人脈ですよ」

麻理の父親はうなずいた。

「最初は自分で見つけたんだよね。それで、ネットにその情報を流した……」

「ええ。それから、あとの二回は、人に教えてもらったんです。メールで……」

「それは、同じ人物か？」

「そうですけど……」

ようやく、キュウも相沢が考えていることが理解できてきた。

そうだ。「殺人ライセンス」の出現を教えてくれるのは、いつも同じやつだ。

「なんというやつだ？」

「本名は知りません。本名どころか、性別も年齢も、何も……。ハンドルネームでメールをやりとりしているんです」

「いくら、ネットの世界にどっぷり浸《つ》かっていても、そうそう神出鬼没の『殺人ライセンス』に出会えるもんじゃない。そう思わないか？」

「そう思います」

相手はネットのエキスパートだから、なんとなくそれが当然のような気がしていた。

だが、考えてみればたしかに不自然かもしれない。

「その相手のハンドルネームは？」

「くるるんです」

「くるるん」

麻理の父親がうなずいた。「彼は、ゲーム関係の掲示板だけじゃなく、オカルト系の掲示板にも書き込みしているな？」

「はい」

キュウは、思い出した。

オカルト系の掲示板で、くるるんが、わざと噂を煽《あお》るような書き込みをしていて、ちょっと違和感を覚えたことがあった。

「そのくるるんの素性を知る手がかりはないかな……」

キュウは慎重に尋ねた。

「くるるんが、殺人に関係しているかもしれないと……？」

「それはわからない。しかし、『殺人ライセンス』にアクセスする何らかの方法を手に入れているに違いない」

「それって、警察に届けたほうがいいですかね？」

「私もそれを考えていたところだ」

キュウは、なんだか友達を警察に売るような気分だった。割り切れない気持ちで麻理の父親を見ていた。

18

捜査本部は、久しぶりに活気に満ちていた。

目黒と大阪の事案の決定的な共通点が見つかったのだ。鑑識が報告してきた。

傷の形状を細かく比較した結果、この二件の殺人に使われた凶器は同一のものである可能性が大きいということだった。

同一犯による連続殺人の可能性が一気に高まったのだ。これまでは、その犯人像がハイテク犯罪の壁に阻《はば》まれて見えなかった。

だが、今はエリコという手がかりがある。

本庁のハイテク犯罪対策総合センターや、大阪府警と頻繁に情報を交換する。自然と捜査員たちの声も大きくなる。

また、エリコの身元割り出しにも、多くの捜査員が関わっていた。所轄の地域課から情報をもらい、リストを作り、年齢、家族構成などで該当者を絞っていく。

丸谷も、その作業に追われていた。

また、一方で、町田晴美、川島肇に捜査員が張り付いていたし、二人の身辺の洗い直しが行われていた。

大阪府警でも同様に、いじめの被害にあっていた末吉陽一に捜査員が張り付いていた。鑑取りもやり直しているらしい。

マスコミは、二日前の記者会見以来騒然となった。刑事部長が、目黒と大阪の二つの殺人事件は、連続殺人の可能性があり、それにインターネット上のゲームが関わっている可能性が否定できないと発表したのだ。

いかにもマスコミが好みそうなネタだ。

捜査本部の周囲には、以前にも増して記者が張り込むようになっていた。捜査員が外出すると、記者が近寄ってきて捜査がやりにくくなった。

捜査員の中には、いまだに記者会見の発表は間違いだったのではないかと言う者がいた。また、これできっと情報提供者が現れると言う者もいる。

正直に言って、丸谷はどちらに転ぶかわからないと思っていた。ただ、もう後には引けないのは明らかだ。

二件の殺人事件が連続殺人であり、なおかつ「殺人ライセンス」を何らかの形で利用した依頼殺人なのではないかと言いだしたのは、丸谷とエイキチなのだ。凶器の線でその仮説はさらに有力になった。

所轄の地域課から送られてくる膨大なリストを前に悪戦苦闘していた丸谷の携帯電話

が鳴った。

丸谷は、書類を睨《にら》みながら電話に出た。

「はい、丸谷です」

「相沢だ」

「おう」

かつては迷惑に感じていた相沢からの電話だ。だが、今は違う。永友久という少年とともに、耳寄りな情報を寄せてくれる。「どうした？」

「キュウと話し合ったことなんだが……」

「キュウ？　ああ、永友少年か？」

「ああ。キュウはこれまで、三度も『殺人ライセンス』にアクセスしている。最初は偶然だった。だが、あとの二回は、ネット上の仲間からネット上の出現を教えてもらったんだ」

丸谷は、それまでエリコ探しのためにリストを当たっていたが、その眼が止まった。

「考えてみれば……」

丸谷は言った。「たしかにそいつは、妙な話だな」

「キュウもたしかにおかしいと言っている」

「どうして、もっと早く気がつかなかったんだろうな……」

「そのネット上の知り合いというのは相当なネットマニアらしい。それで、キュウも別に変だとは思わなかった。だが、あらためて考えてみると、不自然だということになった」

「何者だ、そいつは？」

「わからない。キュウも会ったことはないと言っている。掲示板やメールだけの付き合いだ。ハンドルネームはくるるんという」

丸谷は、もう驚かなかった。そういう世の中なのだろう。人々は匿名性を帯びたまま情報のやりとりを続けている。

情報のやりとりなのだ。感情の交流ではない。

丸谷は手元にメモ帳が見当たらないので、今睨んでいた書類の端に、クルルンと書き付けた。

「わかった。また、何かわかったら知らせてくれ」

「おい、マスコミは大騒ぎだな。このところ、朝からワイドショーで、ネットゲームのことなんかを取り上げている」

丸谷はうめいた。

「これで、一般市民からの情報提供が増えればと思ってな」

「捜査はどこまで進んでいるんだ？」

「調子に乗るなよ。そんなこと、捜査員が教えるわけないだろう」

「警察はただ俺たちから情報を吸い取るだけか？」

「おまえも、これから警察と付き合いが増えるかもしれないから教えておいてやろう。警察は砂糖じゃないぞ。甘くはないんだ。なめてるとひどい目にあう。そういうところだ」

「覚えておくよ」

「その『くるるん』だか何だかの素性は探れないのか？」

「キュウくらいのパソコンの知識と腕じゃ無理だそうだ。メールのヘッダも消されていると言っていた」

「それ、どういう意味だ？」

「俺もよく知らない」

丸谷はそれを聞いて、ちょっとだけ安心した。パソコンの話題というのは、どうしてこんなにむかつくんだろう。日本にいて、日本語でない言葉が日常的に氾濫《はんらん》している。昔からカタカナ言葉を使いたがるやつはいたが、パソコンが普及してから、それが加速度的に広まった。どうやら、コンピュータの話題というのは、日本語では成り立たないらしい。

「とにかく、情報提供には感謝するよ」

丸谷は電話を切ると、隣にいるエイキチに言った。

「メールを送ってきたやつの素性を知るのは、難しいことなのか？」

エイキチも、エリコ探しで書類を見つめていた。顔を上げると、エイキチは言った。

「匿名のメールということですか？」

「当たり前だろう」

「相手が身分を隠したいかどうかにもよりますね」

「隠したい場合はどうなんだ？」

「昔から、複数のメールアカウントを使い分けている人はいます。メールアカウントがわかれば、サーバーがわかります。サーバーの管理者には、その人の素性はわかっているわけです」

またカタカナ言葉かよ……。

丸谷はうんざりした気分で言った。

「つまり、メールを集配するコンピュータがあるわけだな？　そのコンピュータを運営している会社と契約をしなければメールは使えない。その管理をしているところなら、契約者の素性がわかるわけだ。そう言いたいんだな？」

「そういうことです。でも、素性を隠したい人は、無料メールなんかを使います。大手のソフトメーカーなんかのホームページに行くと、無料メールというものがあります。これを利用したら、相手の素性はほとんどわからなくなります」

「そこまで用心深くなく、自分の契約しているメールを使っているのなら、突き止められるというわけだな？」

「サーバーの管理者次第ですね。たいていは、プロバイダとメールサーバーの契約をするわけですが、プロバイダは信用問題ですから、なかなか警察に契約者の情報は渡しませんよ」

「だが、殺人事件となりゃ、事情は別だろう」

「令状があればね……」

「くそっ。面倒くせえ世の中だな」

「通信が便利になるというのは、それだけ情報漏洩《ろうえい》の危険が増えるということです。個人情報の管理は、プロバイダの命綱ですからね」

「『殺人ライセンス』が出現するたびにアクセスしたやつがいたとしたら、おまえどう思う？」

エイキチは、エリコ特定のためのリストから完全に眼を離して、丸谷のほうを見た。眉《まゆ》をひそめている。

「そんなやつがいるんですか？」

「だからさ、もし、いたとしたら、どう思うって訊《き》いてるんだ」

「『殺人ライセンス』が出現する日時とURLを知っていたとしか思えませんね」

「それは、どういうことなんだ？」

「ゲームの管理者が、ネット上にアップする日時とURLを知らせていたということでしょう。それ以外に、ちょっと考えにくいですね。あるいは、その人物自身がゲームの管理者か……」

丸谷は考え込んだ。

その両方の可能性がある。つまり、「くるるん」というハンドルネームを持つ人物は、「殺人ライセンス」と深い関わりがある。二件の殺人事件との関わりも考えなければならないということだ。

「ねえ」

エイキチは言った。「今の電話、相沢さんからでしょう？　何を知らせてきたんです？」

丸谷は、エイキチの顔を見た。

携帯メールやネットの世界では、誰もが匿名性を利用して情報を交換している。今では、やろうと思えば、誰にでもできる。

「くるるん」が誰かはわからない。

このエイキチが「くるるん」だという可能性だってある。

エイキチが「くるるん」であり、同時に「殺人ライセンス」の管理者であったなら、捜査情報を自由に手に入れて、次の手を打つことができる。

丸谷はそこまで考えて、かぶりを振った。

そんなはずはない。エイキチは、捜査本部ができてから、ほとんど丸谷と行動をともにしている。

ネットの世界は、こうした疑心暗鬼を生む。それが恐ろしいのだ。普通なら決して疑わないようなことを疑いはじめる。

丸谷は、エイキチに、相沢が話したことを伝えた。

話を聞き終わると、エイキチは言った。

「そいつは、おおいに怪しいですね」

「くるるんの素性を突き止められるかな……」

「不可能ではありませんよ。さっき言ったように、契約しているプロバイダだとかメールサーバーの会社ならば、本名も住所も決済のためのカード番号も知っているはずです。でも、それを聞き出すには、やはり令状が必要でしょうね。プロバイダに内緒でそれを探るとなると、違法覚悟でやらないと……」

「ハッキングってやつか？」

「正確に言うとクラッキングです」

丸谷は考え込んだ。違法な捜査で得られた情報は、公判では証拠とはみなされない。とにかく、田端課長に話しておかなければならない。そう思い、丸谷は席を立ち、課長のもとに近づいた。

田端課長も一時期の沈痛な面持ちを消し去り、はつらつとしていた。指示の声も自然と大きくなっている。

「おう、マルやん。どうした」

大きな目を丸谷に向ける。その眼に精気がみなぎっている。

丸谷は、くるるんのことを話した。

「悪い知らせじゃねえな」

田端課長は言った。

「はい」

「捜査が転がりはじめると、こんなもんだ。次々と耳寄りな情報が入ってくるようになる。わかった。その件は、本庁のハイテク犯罪対策総合センターに知らせておく。マルやんは、エリコの特定を急いでくれ」

「わかりました」

課長の言うとおりだ。今は、次の殺人を防ぐためにも、エリコの特定を急がねばならない。

第一の殺人と第二の殺人の間は、二週間足らずだった。連続殺人犯の仕業だとすると、犯行には周期がある。つまり、第三の殺人も第二の殺人から二週間程度の頃に行われる可能性が大きいということだ。

時間がない。丸谷は、すぐに席に戻り、再びエリコ特定のためのリストに眼を通しはじめた。

＊

最終的にエリコと思われる人物は、三人に絞られた。

一人は、鈴木江利子《すずきえりこ》。東京都府中市《ふちゅう》に住んでいる。

二人目は、大橋絵里子《おおはしえりこ》。東京都昭島市《あきしま》在住。

三人目は、西村恵理子《にしむらえりこ》。東京都日野市《ひの》在住だ。

いずれも、年齢は二十九歳。マンションで夫と二人暮らしの専業主婦だ。「殺人ライセンス」のエリコと一致する。

鈴木江利子の夫は、電気メーカーに勤めるエンジニアだ。残業が多く、家を留守にすることも珍しくないという。

亭主がいない間に、頻繁に出かけているらしい。

大橋絵里子も事情は変わらない。夫は広告代理店に勤めており、やはり、いつも帰りが遅い。土日の出勤も珍しくないという。

西村恵理子の夫は、民間放送のラジオ局に勤めている。こちらも常に帰りが遅い。やはり、西村恵理子も夫が留守の昼間に着飾って出かけることが多い。

三人とも、携帯電話を所有していることが確認されている。この三人の中に、「殺人ライセンス」でターゲットにされているエリコがいることは、ほぼ間違いない。それが、捜査本部全体の一致した意見だった。

その三人に捜査員が交代で張り付くことになった。所轄の応援も要請した。すでに、第二の殺人から十日が過ぎようとしている。

きっと犯人は、この三人の誰かのところに現れる。丸谷はそう信じることにした。

丸谷とエイキチも張り込みの班に組み入れられた。気がつくと、師走《しわす》に入っている。この季節、張り込みはきつい。特に、四十代の丸谷にはこたえる。

丸谷とエイキチは、西村恵理子の張り込みを担当している。丸谷の自家用車に無線を積み込んで張り込みに使った。

車があるとないとでは、張り込みのきつさが違う。だが、車の張り込みにも欠点はある。睡魔と戦わなくてはならないのだ。

丸谷は、このところまとまって三時間以上の睡眠を取っていない。エイキチも同様だった。

だが、エイキチには若さがある。丸谷は肉体的な衰えを痛感していた。

「三人のうち、どれが当たりでしょうね」

運転席にいるエイキチが言った。丸谷は、その声に救われた。睡魔が襲ってきて、意識が遠のきそうになったところだった。

「さあな……」

丸谷は、身じろぎしてからこたえた。

「どうせなら、当たりくじを引きたいですね」

「当たりくじか……」

エイキチはゲームを楽しんでいるかのようだ。そういう世代なのかな……。丸谷はふとそう思った。

＊

「なあ、その後、どうなった？」

タモツが、キュウに言った。

主語がない。だが、キュウはタモツの態度から、何が言いたいのかすぐにわかった。タモツらしくもなく、顔を赤らめ、もじもじしている。

「ああ……」

キュウは生返事をした。

昼休みで、二人は日が射し込む廊下の窓際に並んで立っていた。そこは日差しのおかげでかなり暖かい。

「ああ、じゃねえよ。言ってくれたのかよ」

「まだだよ」

相沢麻理に、気持ちを伝えてくれたのかと、タモツは尋ねているのだ。

「なんだよ……」

ふてくされたようにタモツは言った。タモツにとってみれば大問題なのかもしれない。

だが、キュウはそれどころではなかった。

世の中が、「殺人ライセンス」のことで騒がしい。警察が和田康治殺し、そして、塩崎琢磨殺しの二件の殺人事件と、ネットゲームとの関連を発表した日から、その騒ぎは始まった。

マスコミは、その話題に飛びついた。警察は、ゲームの名前を伏せていたが、それが「殺人ライセンス」であることが明らかにされるまでにそれほど時間はかからなかった。なにせ、インターネットであれだけ話題になっていたのだ。

むしろ、マスコミが騒ぎはじめるのが遅かったとさえいえるかもしれない。マスコミの貪欲《どんよく》さには驚かされる。おそらく、テレビ局や週刊誌の編集部は、人海戦術でネット上を探り回ったのだろう。「殺人ライセンス」が霊界のゲームだという噂が、いくつかの週刊誌やワイドショーで取り上げられた。

現実主義のお昼のワイドショーなどでは、「そんなばかな話はあり得ないが、若者たちの間でそういう噂がしきりに囁《ささや》かれている」という論調が多かった。だが、噂を面白半分で取り上げているのは明らかだった。

おそらくネット上の掲示板で知ったのだろう。放送終了後のテレビから聞こえてくる謎の声のことを報じた番組もあった。

そうしたことが、どういう影響を及ぼすか、キュウにはわかっていた。

「殺人ライセンス」を霊界のゲームだという噂を知っていた者たちは、「やっぱり」と思ってしまうのだ。

もちろん、番組内ではそういうことは否定的に取り上げられる。だが、それは問題ではない。テレビで取り上げられたことが問題なのだ。

「テレビでやっていた。やっぱり、噂は本当だったんだ」ということになりかねない。

マスコミというのは、最先端の情報を発信するわけではない。情報を確認し、それを押し広げる役割をする。

例えばラーメン屋だ。おいしいラーメン屋があるという情報は、まずラーメン通やその地域の人々の間で噂として流れる。テレビの番組が噂を聞きつけて、そのラーメン屋を取り上げる。すると、たちまちそのラーメン屋には行列ができてしまうのだ。

キュウは溜《た》め息をついた。

「相沢にはあんまり会ってないんだ。あいつの家で会っても、最近は俺となんか話はしないよ」

「なんでだよ」

「俺が、あいつのオヤジとばっか話してるからじゃないか？　あいつ、オヤジさんと仲がよくないみたいだぞ」

「まさか……」

タモツは苦笑した。「そういうのは、おまえ、あれだよ……」

「なんだよ」

「家庭に問題がある家の子がやることだろう」

キュウは、顔をしかめた。

「おまえ、本当にズレてるよな」

「そうか？」

そのとき、キュウは災厄が向こうから歩いてくるのを見た。相沢麻理と高田祥子だ。

「ちょっと、キュウ」

高田祥子がキュウの前に立ちはだかって言った。「あんた、いい加減にしなさいよ」

「なんだよ」

キュウは、祥子の顔をまともに見られない。後ろめたいからではない。彼女がまぶしいのだ。

「なんだよ、じゃないよ。あんたが、ぐずぐずしてるから、世の中大騒ぎじゃない」

「別に俺のせいじゃないよ」

「麻理は、一人で部屋にいるのも怖いって言ってるんだよ。部屋でテレビもつけられないって……。あたしだってそうなんだ」

「なら、リビングで見りゃいいじゃん」

キュウは言った。

「いやよ」

麻理が言った。「リビングはお父さんとあんたに占領されてるじゃない」

「俺はいつも、お宅におじゃましているわけじゃない。おまえこそ、ずっと部屋にこもりきりで、感じ悪いぞ」

高田祥子は、びっくりした顔でキュウを見た。

「何、びっくりしてんだよ」

キュウは、祥子に言った。祥子に何かをしゃべるときには、自然にふてくされたような話し方になってしまう。照れくさいのだ。

「いや……、あんたごときが、麻理に言うことじゃないと思って……」

「何が俺ごときだよ。そう思うなら、俺に放送終了後のテレビの声のことなんか調べろって言わなきゃいいだろう」

「何つっぱってんのよ……」

祥子の言葉はいつものように威勢がいい。だが、その口調から力は失われていた。

「むかつくんだよ」

キュウは言った。「変なこと調べなきゃ、こんなことに巻き込まれはしなかったんだ。『殺人ライセンス』のことだって、深く関わらずに済んだかもしれない。それを、おまえは、この騒ぎが俺のせいのような言い方をする。ああ、そうだよ。俺はキュウごときだよ。その程度の人間だよ。もう、誰も信じられないんだよ」

祥子はますます驚いた表情になっていった。麻理は、眉《まゆ》をひそめ、反感に満ちた眼でキュウを見ている。

「そんな言い方しなくたって……」

祥子が言った。だが、キュウは止まらない。何かが心の中でぷっつりと切れてしまった。

「俺、ネットで知り合ったやつも友達だと思っていた。そいつのことを、警察に言わなきゃならなかった。友達を売ったような気分だぜ。いやなもんだ。なんでこんなことになったんだ？　もとはといえば、テレビから声が聞こえただのなんだのって話、ネットで調べようと思ったからじゃねえか。ああ、やってやるよ。調べるよ。ちゃんと、真相を調べてやる。だから、くだらねえ噂信じておろおろしたり、その噂を俺のせいにするのはやめてくれ」

祥子は口をつぐんだ。その大きな眼が赤くなり、潤んでいた。

キュウは、はっとした。

祥子は男勝りの性格だと、ずっと思っていた。泣きそうな顔をしている祥子を見て、キュウはどうしていいかわからなくなった。

取り繕《つくろ》おうにも、言葉が見つからない。今さら、言い過ぎたとも言いにくい。

突然、祥子が麻理に言った。

「行こう」

麻理は、キュウを睨《にら》んだまま動こうとしなかった。

「あんたが、お父さんを手伝ったりしたからでしょう」

麻理は言った。普段の麻理からは想像できないような厳しい口調だった。だが、キュウは驚かなかった。学校の麻理と自宅の麻理が別人であることを、キュウは知っている。

「頼まれたからやっただけだよ」

「あたしはパソコンのことを頼んだだけでしょう」

「おまえ、オヤジさんに、『殺人ライセンス』のことを調べろって、頼んだんだろう」

「あんたに手伝えとは言わなかった」

「成り行きだよ」

「あんた、オヤジといっしょでウザイんだよ」

麻理は言った。

祥子は、今度は麻理を意外そうな顔で見つめている。麻理は、捨て台詞《ぜりふ》をはくと、くるりと背を向けて歩き去った。祥子がキュウの顔をちらりと見てから、慌ててそのあとを追った。

「どうだ?」

キュウはタモツに言った。

「何がだ?」

「相沢の本性を見たって感じだろう」

「何言ってんだ。かわいいじゃねえか」

キュウは脱力感を覚えてタモツを見た。すっかりあきれていた。

「おまえ、やっぱりズレてるよなあ」

「なんでだよ」

恋は盲目か……。

「いや、いいんだ」

*

祥子は、麻理のあとを追いながら、またいつか感じた違和感を抱いていた。

今し方のキュウに対する態度は、麻理らしくはなかった。いや、祥子の知っている麻理らしくなかったということだ。

キュウは麻理に対して別の印象を持っているようだった。

部屋に閉じこもっている麻理は、感じが悪いとキュウは言っていた。

「まったく、むかつく……」

祥子が追いついて、横に並ぶと、麻理は言った。

祥子は黙って、麻理の横顔を見ていた。かわいらしい顔立ちをしている。男子生徒の憧《あこが》れの的だ。だが、その表情には険がある。

また少し、麻理の印象が変わったように感じられる。

「キュウのやつ。いい気になってるんだ」

麻理が言った。

祥子は、そうは思えなくなっていた。キュウの言葉が棘《とげ》のように心の奥に残っている。

もともと、麻理がキュウに真相究明を頼んだのだ。それはキュウが言ったとおりだった。

キュウにだってできることと、できないことがある。それはわかっている。だが、キュウに会うと、何かひとこと言いたくなる。

キュウに言い返されたことがショックだった。いつもは、ふてくされたようにぶつぶつと文句を言うだけだ。

友達を警察に売った気分だとキュウが言っていた。あれは、いったい何のことなんだろう。

「ねえ、今日、吉祥寺《きちじょうじ》に行かない？　なんかむしゃくしゃするからさ」

麻理が言った。けだるげな口調だ。

以前の祥子なら、多少無理をしても付き合ったかもしれない。だが、今はそういう気分になれない。

「ごめん。今日は、お父さんに付き合わなきゃならないんだ」

麻理が不気味そうな顔で言った。

「お父さんに……？　げ、どういうこと？」

「クリスマスツリー買いに行くって言うから、付き合ってあげるって言ったんだ」

「クリスマスツリー？　やだ、小学生じゃないんだから……」

「あたしんち、ずっと飾ってたんだ。お父さんとお母さんがいつも花屋に行って木を買ってきて……。毎年、気がついたら、リビングに飾られてた」

「なんだか、気持ち悪い」

「小学生の頃なんか、いっしょに飾り付けしたんだ。ずっと忘れてた。そういうこと、お父さんやお母さんが勝手にやってるとしか思っていなかった」

「勝手にやってるだけでしょう?」

麻理がそっけなく言った。

「あの気味の悪いテレビの声以来、あたしも一人で部屋にいるの、怖くてさ。リビングでテレビ見たりしてたんだ。そしたら、自然と親とも話さなきゃならないじゃん。話してみると、忘れてたこと、いろいろ思い出してさ。最近、あたし、母さんに料理、習ってんだ」

麻理は、祥子を不思議そうな眼で見た。

「何よ」

祥子は言った。「あたし、なんか変なこと言った?」

「変だよ」

麻理は言った。それきり、麻理は口をつぐんだ。

どうやら、キュウが言ったことは本当のようだ。麻理は、自宅では部屋に閉じこもって、両親とはあまり会話をしないのだろう。

祥子もそのほうが楽だと思っていた。だが、その楽な生活は、悪循環を生んだ。親に干渉されないことが当たり前だと思いはじめたのだ。そうなると、親に何か言われることがうざったくなる。

親の顔を見たくなくなる。そして、いっそう部屋に引きこもるようになる。それでも、生活には支障はない。

部屋にはテレビもあるし、携帯電話もある。オーディオだってある。親はその安穏の生活を破壊しようとしているだけの存在にしか見えなかった。親が憎くさえ感じられた。

だが、部屋を出て、親たちの暮らしを見ると、そこにはたしかに人の生活があった。祥子が部屋にこもっている間にも、二人はちゃんと生活を送っていたのだ。

当たり前のことだが、祥子にはちょっとした驚きだった。自分が、両親から眼を背《そむ》けていたのだということにようやく気づいた。

ちょっと照れくさいけれど、両親と話をするのも悪くないと思いはじめた。話をするようになってから、不思議と両親は口うるさくなくなった。

祥子が部屋にこもりっきりになり、会話をしなかった頃のほうが、ずっと口うるさかった。心配していたのだろうと思う。

今は、少しだけ大人になった気分だった。麻理は、まだ子供のままなのだ。少しだけ優越感を覚えた。

麻理に対して優越感を持ったのは初めてのことだ。

キュウも麻理が、まだ子供だということに気づいているのかもしれない。

祥子はキュウに言い返されたことを思い出して、思わず小さく息を呑《の》んだ。なんだか、胸がどきどきしたのだ。

あたし、キュウに謝らなくちゃ。

そんなことを思った。

「じゃ、いい」

麻理は言った。「吉祥寺、あたし、一人で行く」

麻理はぷいと横を向くと、足早に歩き去った。祥子は、小さく肩をすくめていた。

19

じりじりとした焦燥が胸を焼く。そんな日々が過ぎ、すでに倦怠《けんたい》に浸《ひた》っていた。丸谷は、張り込みが無駄なのではないかと思いはじめた。

鈴木江利子、大橋絵里子、西村恵理子、いずれの張り込みでも、なんの成果も得られなかった。

三人のエリコ候補の、自宅マンションに出入りする人々のおびただしい写真が捜査本部に持ち寄られた。また、三人を尾行して接触した人物の写真も手に入れた。

だが、それらの写真が過去二つの殺人事件と結びつく要素は何もなかった。今のところ、鈴木江利子、大橋絵里子、西村恵理子、いずれの身にも、何も起きてはいない。

午前二時、張り込みを交代して捜査本部に引き上げてきた丸谷は、田端課長、池田管理官、それに、目黒署刑事課長が、難しい顔で何事か相談しているのを見た。

そのほかの捜査員たちは、資料を睨《にら》み、写真を分類し、どこかに電話をかけている。

「おう、マルやん。上がりか？　ごくろうだな」

いつものように田端課長が丸谷に声をかけた。だが、その表情が冴《さ》えない。理由はわかっている。この張り込みが空振りではないかという意見が、捜査本部内に出はじめている。おそらく田端課長たちはそれを話し合っていたのだろう。

このまま、無視することもできた。捜査の方針を決めるのは、田端課長たち幹部だ。丸谷はそれに従えばいい。

だが、丸谷の責任感がそれを許さなかった。丸谷は迷った末に、田端課長たちに近づいた。

「あの……、田端課長……」

課長は、丸谷が近づいてきたことに今初めて気がついたというふうに顔を向け、言った。

「ん？　なんだ？」

「エリコの件ですが、私の読みが間違っていたかもしれません」

田端課長はうなずいた。

「実はな、今、それを話し合っていたところだ。だがな、マルやん、俺たちは、おまえさんに責任を押しつけるつもりはない。犯人は、捜査員の張り込みに気づいて、犯行をあきらめたのかもしれない。あるいは、ゲームと殺人の関係をがなりたてるマスコミの報道だ。それで犯人は警戒しているのかもしれん。いずれにしろ、まだ、エリコ殺しは起きていない。犯罪の抑止効果があったと思えば……」

「犯人が網に飛び込んでくると期待していたんですが……」

池田管理官が疲れ果てた顔つきで言った。

「そう、うまくはいかんよ」

田端課長が丸谷に言った。

「今日はもう休め。明日《あした》も、張り込みは続ける。さっきも言ったが、それが犯行の抑止に役立っているのかもしれない」

「だとしたら、犯人はすぐ近くまで来ていたことになりますね」

「わからん」

田端課長は言った。「本当に、何もわからんのだ。エリコの件が突破口になると、俺も期待していたんだがな……」

管理官が言った。

「まあ、捜査なんて、そんなもんですよ」

丸谷は、課長たちのそばを離れ、椅子に座った。エイキチが隣に腰を下ろした。

「何を話していたんです?」

エイキチが尋ねた。なぜかむかっ腹が立った。

「エリコの件は空振りかもしれないって俺が言ったら、課長に慰められたよ。張り込みが犯行の抑止に役立っているのかもしれないとな」

「つまり、犯人が捜査員の張り込みに気づいたということですか?」

「ああ。課長は、ゲームと殺人の関連についてのマスコミの報道も、犯行の抑止に役立っているかもしれないと言っていた。犯人が用心深くなったと考えているんだろう」

エイキチは、何か考え込んでいる。

やがて、彼はぽつりと言った。

「それ、どっちも違っているような気がするな……」

「何が違っているんだ？」

丸谷は疲れており、エイキチの話を真剣に聞く気になれなかった。エイキチが言った。

「もし、犯人が、僕たちの想定していたようなやつなら、捜査員を出し抜くことに最高の喜びを感じるはずです。張り込みは、そういうやつの犯行を抑止したりはしません。かえって、挑発にはなるかもしれませんがね」

「おい、張り込みが意味がないと言っているのか？」

「犯人がのこのこ、エリコのところに現れる可能性はかなりあると、僕も思っていましたよ」

「今はそうじゃないという口振りだな」

「マスコミの報道にしてもそうです。マニアなら、報道されることが何よりうれしい。だから、さらに次に犯行への意欲を燃やすでしょう。だが、犯人は動かない」

「おい、エイキチ。俺は疲れているんだ。何か言いたいことがあるのなら、はっきりと言ってくれ」

「エリコは関係なかったのかもしれませんよ」

「だって、『殺人ライセンス』の次のターゲットだったんだぞ」

「だから、僕たちもゲームと実際の殺人の関わりを過大に解釈していたんですよ。エリコはゲームのターゲットだけど、実際の殺人とは関係なかった。そう考えると、別な考え方が成り立ちます」

「別な考え方……？」

「連続殺人ではなかった」

丸谷は、ひどい脱力感を覚えた。

「おい、今さら、何を言いだすんだ」

「僕たちは、二件の殺人事件の被害者が、いずれも『殺人ライセンス』のターゲットだったので、これは、てっきり連続殺人事件であり、当然、次の『殺人ライセンス』のターゲットも実際の殺人の被害者になると思い込んでいました」

「そうだ。だから、エリコの特定を急ぎ、張り込みを続けた」

「だから、エリコは関係なかったんです。エリコはただのゲームのターゲットに過ぎなかった」

丸谷は混乱してきた。

「何を言ってるんだ」

「わかりませんか？」

エイキチは、終始のんびりした口調で言った。「最初から、二件の殺人だけが計画されていた。そう考えると、犯人像が変わってきませんか？」

丸谷は、エイキチの顔を見つめた。疲労と寝不足でばらばらに散っている思考力をなんとかかき集めようとした。

「俺たちは、一人のマニアがゲーム上で殺人の計画を練り、ターゲットの素性をなんらかの形で入手し、計画を実行に移したと考えていた」

「ええ。そして、第三の殺人のターゲットがエリコだと思っていた」

「だが、エリコは無事だ。彼女の身辺には何も起こらない」

「僕たちは、二件の殺人が依頼殺人ではないかと考えていました。依頼なら、金品の授受があったはずです。もし、それがあったなら、必ず捜査に引っかかってくるはずです。誰かの口座から大金が引き出されていたとか……。でも、そういう事実はない」

ようやく、丸谷の頭の中の刑事の回路が作動しはじめた。

「殺人は二件のみ。そして、その二件に関して動機があると思われる人物にはアリバイがある」

「その両者には、『殺人ライセンス』という接点があります」

「つまり……」

「そう。交換殺人の可能性があります」

丸谷は唸《うな》った。

「だが、凶器の件はどうなる。二つの殺人には、同一の凶器が使われたと鑑識は見ている」

「それも、おそらくは偽装ですよ。凶器を手渡す方法などいくらでもあるでしょう」

丸谷は、しばらくエィキチの言ったことを頭の中で検討していた。

捜査本部が開かれたばかりの頃は、エィキチは頼りない青二才だと思っていた。エィキチと組まされたとき、きっちりと教育してやらなければならないとさえ思った。

だが、捜査が進むにつれ丸谷の旗色が悪くなってきた。どうも、コンピュータだ、ネットだ、ゲームだという言葉に翻弄《ほんろう》されている気がする。

エィキチは、そういうものに免疫があるのだろう。だから、過剰に反応せずに、冷静に考えられるのかもしれない。

依頼殺人ではないかと言いだしたのは、丸谷だ。その可能性はたしかに今でも残ってはいる。

だが、エィキチが言った交換殺人のほうが説得力があるような気がしてきた。第一に動機だ。依頼を受けてマニアが殺人を繰り返すというのは、動機の点で少し弱い。

顔も知らないネット上の知り合いと情報交換を繰り返す仮想社会。それが、現実社会を凌駕《りょうが》しつつある。そんな幻想に取り憑《つ》かれていたのかもしれない。丸谷はそう思った。

仮想社会と現実社会の区別がつかなくなった若者ならば、そういう殺人事件を起こしてもおかしくはないと思っていたのだ。それは、やはり偏見であり、誤解だったのかもしれない。

現実社会は現実社会として機能している。それを忘れてはならない。

エイキチが言う交換殺人ならば、動機の点で納得できる。そして、おそらくアリバイも崩れるのではないだろうか。

丸谷は、田端課長や池田管理官のほうを見た。そろそろ捜査本部から引き上げようとしている様子だ。

丸谷は、エイキチに言った。

「いっしょに来い」

近づくと、田端課長が、何事だと丸谷の顔を見た。

「ちょっと、エイキチの話を聞いてもらえますか」

田端課長は、赤い眼をエイキチに向けた。

「マルやん。明日の捜査会議じゃだめなのか?」

課長も疲れているのだ。

「かなり信憑性《しんぴょうせい》のある話なんです」

課長は、池田管理官の顔をちらりと見た。一分の隙もない着こなしが身上の管理官も、髪が乱れ、背広に皺《しわ》が寄っている。

田端課長は、パイプ椅子に腰を下ろした。

「エイキチ、話してみろ」

エイキチは、説明を始めた。丸谷に話したときより、内容が整理されている。丸谷は、もう一度同じ説明を聞いて、ますますエイキチの言っていることが納得できると感じた。

田端課長と池田管理官は言葉を差し挟まず、じっと説明を聞いていた。

いつしか、何人かの捜査員がその周辺に集まってきていた。

説明を聞き終わると、田端課長が言った。「じゃあ、これは連続殺人ではなくて、交換殺人だというのか？」

「ちょっと待てよ」

エイキチはいつもと変わらぬ涼しい顔で言った。

「その可能性が大きいということです」

田端課長が考え込んだ。

「東京の目黒と大阪で交換殺人？　そうなると、動機の点で容疑者は、ストーカー被害にあっていた町田晴美と、いじめにあっていた末吉陽一ということになるな」

「だが、その二人の接点はなかった」

池田管理官が言った。エイキチがこたえた。

「現実社会での接点はありませんでした。でも、『殺人ライセンス』という接点がありますす」

田端課長は言った。

「そのつながりが実証できるかどうか……。両者が連絡を取り合ったという証拠は何もない。そいつが悩みの種だな……」

丸谷は言った。

「見方を変えれば、今まで見えなかったものが見えてくるかもしれません」

田端課長は丸谷を見た。怨《うら》みがましい顔つきをしているように感じられる。無理もない。エリコの件がある。

だが、田端課長はそのことについては何も言わなかった。

「よし」

課長は言った。「朝の捜査会議で、アリバイの洗い直しだ。つまり、二つの事件を入れ替えてアリバイを洗うわけだな。大阪の塩崎琢磨殺害について、町田晴美にアリバイがあるかどうか。そして、目黒の和田康治殺害について、末吉陽一にアリバイがあるかどうか……。町田晴美が、事件当日に大阪に行ったかどうか、また、末吉陽一が事件当日に東京に来ていたかどうかも洗い出す」

田端課長は、丸谷を見た。「そういうことだな？」

丸谷はうなずいた。

「はい」

「だがな」

田端課長は丸谷に言った。「エリコの件も可能性がなくなったわけじゃない。張り込みは続けるぞ。町田晴美の件は、鑑取りの班に任せる。末吉陽一のことは大阪府警に任せる。おまえさんは、西村恵理子の張り込みを続けてくれ。いいな」

もちろん異存はなかった。

課長の言うとおり、マニアによる連続殺人である可能性も否定しきれないのだ。

「わかりました」

丸谷がこたえると、課長は言った。

「さあ、俺は一休みさせてもらうぞ。眠れる者は今のうちに少しでも眠っておけ。マルやん、おまえさんもだ。ひどい顔してるぞ」

田端課長と池田管理官は、部屋を出ていった。

捜査員たちが、それぞれに考えに耽《ふけ》る顔つきで散っていった。彼らが丸谷についてどう思っているかなど、もうどうでもよかった。新たな可能性が一つ増えた。それだけのことだ。

「エイキチ」

丸谷は言った。「課長の言うとおりだ。今のうちに少し眠っておけ。明日《あした》も張り込みだ」

エイキチは、何の屈託もなく蒲団《ふとん》が敷いてある柔道場に向かった。

丸谷は、パイプ椅子に腰を下ろした。ぐったりと疲れ果てており、もう動く気がしなくなった。なんだか投げやりな気分になっている。なぜだか、相沢の顔が見たいと思った。

相沢は今日も深夜までパソコンをいじっていた。パソコンに向かっていると、時間を忘れる。

こいつには、たしかに奇妙な魔力のようなものがある。

相沢はそう感じる。

＊

麻理が部屋から出てきて、何も言わずにリビングを素通りし、台所に行った。そして、何も言わずにまた部屋に戻っていった。

しばらくすると、妻の容子がトイレに起きたのか、リビングルームを覗《のぞ》き、やはり何も言わずに寝室に戻った。

このところ、家庭内の会話は以前に輪をかけて減っている。

相沢は溜《た》め息をついた。

責任は私にある。

そう思った。

「殺人ライセンス」と、放送終了後のテレビからの声。麻理はそれらの真相を究明しろと依頼してきた。

その依頼にこたえてやろう。そして、同時にこの家庭内の問題も解決しよう。時間はかかるかもしれないが、それが私のつとめだ。

探偵なんかで食っていけるのだろうか。相沢はそういう不安を抱いている。それが、そもそもいけないのだ。本人が不安なのだから、家族が不安になるのは当たり前だ。何としてでも家族を養う。そういう気概が必要だ。いいだろう。何があっても、おまえたちには不自由はさせない。それを信じさせてやる。

相沢は、今度こそ本当にそう心に決めていた。

20

「話があるの」

放課後、相沢麻理が高田祥子のところにやってきて言った。あらたまった口調だったので、祥子は思わず身がまえた。

「どうしたの？」

「こないだは、ごめん」

「なんのこと？」

「吉祥寺に行かないかって誘ったときのこと……」

「麻理、謝るようなこと、してないじゃん」

「でも、謝りたかったんだ。あたし、態度悪かったでしょう。キュウのことでも……」

「そんなことないよ」

祥子はそう言ったが、実際は、麻理のことを以前ほど素敵な子だとは思わなくなっていた。

たしかに、麻理の振る舞いは、自分勝手に思える。だが、それはまだ麻理が子供だからだと考えていた。

「あたし、わかってるの」

「わかってるって？」

「だんだん、いやな子になっていくのが……」

「何言ってるの」

祥子は笑い飛ばそうとした。

だが、麻理の表情は深刻だ。

「家でのあたし、キュウの言うとおりなんだ」

「キュウの言うことなんて、気にすることないじゃん」

「あたしも、そう思おうとしていた。キュウなんて、生意気だ。なんか、あたしの家に出入りしていてうっとうしい……。ほんとにそう思ってたかもしれない。でも、キュウの言ったことは嘘じゃない。あたし、家ではお父さんとまったく話をしないし、滅多に自分の部屋から出ない」

「みんなそんなもんだよ」

「でも、祥子は最近変わったって言ってた。お父さんといっしょにクリスマスツリーを買いに行ったんでしょう」

「ああ、付き合いだよ、付き合い」

「あたし、あの日、あれから本当に一人で吉祥寺に行ったんだ。でも、ちっとも面白くなかった。なぜか、祥子の言ったことが気になって……。ああ、今頃、祥子はお父さんといっしょに買い物に出かけてるんだなあ、とか……」

「麻理、あのね……」

「お願い、しばらく黙って聞いて」

祥子は、うなずかざるを得ない。

「そう。わかった……」

「吉祥寺で一人でいるとき、最初は思ったんだ。何よ、祥子なんて、いまだにお父さんと買い物なんて、まるっきり小学生じゃん、て……。ちょっと、ばかにした。でもね、そのうちに、気づいたんだ。あたし、きっとうらやましいんだって。祥子のお父さんって、素敵な人なんだろうなって思った」

「たいしたことないよ。普通のオヤジ」

麻理はうなずいた。

「わかってる。うらやましいっていうのは、祥子のお父さんとあたしのお父さんを比べて言ったことじゃない。お父さんと買い物に行ける祥子がうらやましいってことなんだ。そう気づいたの。あたしは、お父さんと口をきくなんて、まっぴら。だから部屋から出たくない。顔も見るのもいや。でもね、祥子に言われて気づいたの。あたしだって、小学生くらいの頃は、お父さんのこと、嫌いじゃなかった」

祥子は、黙って話を聞くことにした。

「わかってるんだ。自分がいやな子だって。キュウに言われなくたって。でも、どうしようもないの、今は……。キュウがお父さんの手伝いをしている姿を見ると、なんだかむかついて仕方がない。もしかしたら、あたし、悔しいのかなって思った。祥子がお父さんと買い物に行ったって聞いたときも、似たような気持ちになったんだ。あたし、どう言っていいのかわかんない。自分がいやな子だってわかってるけど、どうしようもない……」

祥子は言った。

「わかるよ。あたしだって、ついこないだまで、自分の部屋にこもってたもん。でも、あのテレビの声が怖くてさ、リビングにいる時間が長くなった。それで、ちょっとずつ変わったんだ。きっと、時間がたてばなんとかなる。あたしたちって、時間がいっぱいあるじゃん？　きっと神様がいろいろ、試してるんだよ」

麻理は、ちょっと驚いたように祥子を見て言った。

「祥子って、変わったよね」

「変わってない。自分を思い出しただけ」

ようやく麻理が笑った。

「あたしには、もうちょっと時間が必要」

「かまやしないって」

祥子は、麻理がいやな子でなくてよかったと、心底思った。彼女は、自分をもてあまし、苦しんでいるだけだ。

嫌いにはなりたくなかった。やっぱり、麻理は祥子のお気に入りだった。

「それにしても……」

麻理が言った。くすりと笑った。「神様が、あたしたちを試してるって……」

「何よ」

「神様なんて、本当に信じてるの？」

祥子は急に気恥ずかしくなった。

「言葉のアヤだよ。それよりさ」

「なあに」

「キュウに会ったら、謝っといたほうがいいよ」

本当は、自分が謝りたいのだ。「キュウのやつ、あんたのこと、好きなんだから」

麻理は戸惑った様子だが、やがてこくりとうなずくと、言った。

「うん。わかってる」

祥子は、キュウのことを考えると、胸の奥に棘《とげ》が刺さったような、あの感覚を思い出す。それが、つらかった。

＊

い。

キュウは自己嫌悪で、誰にも会いたくない気分だった。

自室に閉じこもり、パソコンに向かったが、ネットの世界を散歩する気にもなれない。祥子の前で、キレたことが恥ずかしかった。言わなくてもいいことまで言ってしまった。相沢が家でどんなふうであれ、キュウには関係ないし、それを友達に言う必要もない。

祥子の前に立つと、どうしてもぎこちなくなってしまう。彼女は、いつもキュウに食ってかかる。それが、つらかった。祥子に嫌われているような気がしてくるのだ。あるいは、軽く見られているような……。

麻理の家に行くのもいやだった。だが、麻理の父親には、今日も顔を出すと言ってある。ここで、すっぽかしたら、自己嫌悪がひどくなりそうだった。

もし、麻理と会ったら、どんな顔をすればいいんだろう。それを考えるだけで憂鬱《ゆううつ》になってくる。

約束したんだ。行くしかないな。

キュウは溜《た》め息をついて立ち上がった。

タモツの頼みも聞いてやらなきゃならない。だが、それにはタイミングが悪すぎる。もう少し、友好的な雰囲気になってからでないと、うまくいきっこない。

別に麻理に会いに行くわけじゃない。彼女の父親に会いに行くんだ。

キュウは、自分にそう言い聞かせた。

そして、最初の約束を果たすしかない。深夜に放送終了後のテレビから聞こえた不気味な声。それが何だったのかを突き止めるのだ。

キュウは部屋を出て、相沢麻理の自宅に向かった。

＊

相沢は、キュウの顔を見てほっとするようになっていた。家の中では、孤立している。キュウだけが、ただ一人の味方のような気がしていたのだ。

キュウのおかげで、かなりパソコンを扱えるようになっていた。パソコンというのは、普通の家電とは違う。まだまだ素人が自由に扱える代物ではないというのが実感だ。

その日もいくつかの疑問点を教えてもらった。やはり、身近に詳しい者がいると助かる。

キュウは、いつもより元気がないように見える。何か悩んでいる様子だ。しかし、あれこれ尋ねるのも気が引ける。

若者は、大人にいろいろと質問されると「うざったい」と思うに違いない。相沢は、麻理の態度からそう推察していた。

「くるるんのことだが……」

相沢は、キュウの反応を見ながら言った。キュウは何も言わない。

「友達だったのか？」

キュウは相沢のほうを見ずに考えている。やがて、彼は言った。

「会ったことないですけどね……。友達のようなものだと思ってました」

「顔も本名も知らないのに？」

「話が合ったんです」

「くるるんのことを、警察に話すのはつらかったかね？」

キュウは、また少し考え込んだ。

「ちょっとね……」

「だが、話さなければならなかった」

「ええ。わかってます」

相沢はうなずいた。

「くるるんが犯人だと思うか？」

「わかりません。でも、『殺人ライセンス』と何かの関わりがあることは間違いないと思います」

「くるるんが犯人だったら、またつらい思いをすることになるな」

キュウが相沢のほうを向いた。

「僕、くるるんのことを友達だとは言ってません。友達のようなもの、と言ったんです」

「どういうことだ？」

「実感がないんです。もし、くるるんが犯人で、警察に捕まったとしても、別になんとも思わないような気がするんです。もし、本当の友達だったら……。例えば、タモツが何かやって警察に捕まったとしたら、ショックを受けると思います。でも、くるるんが警察に捕まることを想像しても、ぴんとこないんです。そのことに、自分でちょっと驚いています」

「顔を見合って話をするというのは、意外と大切なものなんだ」

「え……？」

「人間は、言葉でコミュニケーションをする。だが、会話するとき、言語だけの情報量というのは、二十パーセントほどでしかないという話を聞いたことがある。あとは、表情だとか、仕草だとか、声の調子だとかで相手の意志を理解しているんだそうだ。ノンバーバル・コミュニケーションというらしい」

「つまり、そういう言葉以外の接触がない関係というのは、本当の関係じゃないということですか？」

「少なくとも、相手のことを本当に理解はできないだろうな。キュウ君は、くるるんの顔も知らない、声も知らない、どういう仕草をするのか、どういう表情をするのかも知らない。相手のことをよく知っているつもりでも、それは、本当は知っていることにならないのかもしれない」

「ネットの社会はそれで成り立っていますよ」

「顔が見えないことを利用しようと思えばいくらでもできる。私はね、ここしばらく、いろいろな掲示板を見て回った。それで感じたのは、そのことだ。顔が見えない相手というのは、不気味なものだ。同時に魅力的でもある。勝手にこちらがどういう人か想像できるからだ。だが、それは本当の付き合いじゃない」

「ネットで知り合って、結婚する人も増えてますよ」

「一度も会わずに結婚するわけじゃないだろう。ネットはきっかけに過ぎないはずだ。実際に会って話をして、相手の顔を見て、仕草を見て、表情の動きを見ることが大切なんだ」

キュウはうなずいた。

「くるるんは友達じゃなかったんですね」

「友達になれたかもしれない」

「相沢さんは、くるるんが犯人だと思いますか？」

「私にもわからない。だが、私は、いまだに動機もなく人が人を殺すというのが信じられないんだ」

「僕もです。ただ、完全犯罪をするために殺人をやるなんて、信じられない。それもネットゲームでターゲットを探して、殺人の計画を練るなんて……。だんだん、非現実的だと思えてきました」

「この事件、別なからくりがあるのかもしれない」

「別のからくりって？」

「私たちは、『殺人ライセンス』に目を奪われていた」

「当然ですよ。そもそもの始まりが、『殺人ライセンス』だったんですから……」

「それは、犯人のカムフラージュかもしれない」

「カムフラージュ？」

「『殺人ライセンス』に目を向けさせ、あたかも、愉快犯の犯行のように見せかける……」

「じゃあ、本当の動機は？」

「それは、わからない。知りようもない。警察の領分だ」

「いつかの何とかいう刑事さんは、教えてくれないんですか？」

「警察は甘くはない。そう言われたよ」

キュウはふと押し黙った。

「すっかり、殺人事件のことに夢中になってましたけど、もともと僕は、深夜のテレビの声のことを調べるように頼まれていたんです」

「私も麻理にそれを頼まれていた」

「じゃあ、そっちを調べないと……」

「そうだな」

キュウの言うとおりだ。

麻理の依頼をちゃんと片づけなければならない。そして、相沢にはもう一つ片づけなければならないことがある。

家庭の重苦しい空気をなんとかしなければならない。人と人のコミュニケーションについて、キュウに説教できる立場ではない。

自分自身の家庭のコミュニケーションをはからなければならない。根気強く、何度でも妻や麻理に自分の気持ちやこれからの計画を話す。それが、私のつとめだ。相沢はそう思っていた。

21

三人のエリコ候補の張り込みは依然として続けられていた。捜査は積み重ねだ。一度始めた捜査は、何かの結果が得られるまで続けなければならない。

「西村恵理子を張り込んでも、無駄だと思いますがねえ……」

エイキチが言った。自説に自信を持っているのだ。

丸谷だって同じ気持ちだった。しかし、自分勝手な捜査はできない。捜査本部はチームワーク第一だ。

「万が一ということがある」

丸谷は言った。「連続殺人事件の可能性も百パーセント否定されたわけじゃないんだ」

「今頃、捜査本部に新情報が入って、新しい展開になっていたりして……」

エイキチは冗談のような口調で言った。だが、その可能性はおおいにあると、丸谷は思っていた。

たしかに、和田康治殺害の件に関しては、町田晴美のアリバイを確認した。塩崎琢磨の事件に関しては、末吉陽一のアリバイを確認した。だが、その逆はやっていなかった。町田晴美、末吉陽一のアリバイが崩れる可能性は大きい。さらに、もし、末吉陽一が東京にやってきたこと、そして町田晴美が大阪に行ったことがわかれば、ほぼ、エイキチが唱えた交換殺人の線で決まりだ。

西村恵理子には、その日も特別なことは起きなかった。交代要員が来て、丸谷とエイキチは、捜査本部へ引き上げることにした。

日野から目黒署に引き上げるのがおっくうだ。俺も年を取ったかな……。

丸谷は、ふとそう感じた。

＊

午後九時過ぎに、捜査本部に着いた。夜の捜査会議の途中だった。なんだか、捜査本部内が妙に活気づいているように感じられる。

エイキチが言ったとおり、新たな情報がもたらされたに違いない。

丸谷は、近くにいた目黒署の捜査員にそっと尋ねた。

「何があった？」

「マルさん。『殺人ライセンス』をアップロードしているやつがわかったんです。ゲームの管理もそいつがやっているようです」

丸谷は驚いた。つい先日まで、本ボシではないかと疑っていた存在だ。

「何者だ？」

「現在無職の若者です。なんでも、もとゲームデザイナーだったそうです。どうやら、会社をクビになったらしいですね」

「誰か行っているのか？」

「ええ。鑑取り班が二組向かっています」

「その中にパソコンやネットに詳しいやつはいるか？」

「さあ、どうでしょうね」

丸谷は、ちょっと不安になった。煙《けむ》に巻かれておしまいという恐れもある。なにせ、中年以上の捜査員は、たいてい重症のコンピュータ・アレルギーだ。

「それで、どうやって突き止めたんです？」

エイキチが目黒署の捜査員に尋ねた。

「本庁のハイテク犯罪対策総合センターが知らせてきた」

「だから、どうやってハイテク・センターの連中は、その管理者を見つけたんです？」

エイキチにかかると、ハイテク犯罪対策総合センターもハイテク・センターになってしまう。正確な名前などどうでもいいのだ。

そして、エイキチには、どうやってハイテク犯罪対策総合センターが「殺人ライセンス」の管理者までたどり着けたかが、最大の関心事なのだ。

「タレコミさ」

目黒署の捜査員は事もなげに言った。

「タレコミ……」

エイキチはぼんやりとオウム返しに言った。

「そう。センターに匿名の電話があった。あとで確認したところによると、その電話の主は、ゲームの管理者の友達だということだ。友達のことをタレコんだというわけだ。二人ともパソコンゲームのマニアでね。タレコんだやつは、『殺人ライセンス』が世間の話題になっているので、悔しかったらしい。まったく、どういう世の中なんだろうな……」

丸谷は、エイキチを見た。

気が抜けたような顔をしている。

おそらく、エイキチは、ハイテク犯罪対策総合センターのエキスパートたちが、技術を駆使してネット上で「殺人ライセンス」の管理者を追いつめるところを想像していたのだろう。

丸谷は、ふんと鼻で笑ってやりたくなった。エイキチを、ではなく、「殺人ライセンス」の管理者を、だ。

アメリカの無料サーバーだか何だかを駆使して、「殺人ライセンス」は神出鬼没だった。捜査員たちは、誰もその尻尾《しっぽ》を捕まえられないのではないかという幻想にとらわれていた。

そうだ。幻想に過ぎない。

事実、こうしてゲームの管理者は、見つかった。それも、知り合いの密告によってだ。現実というのは、そういうものだ。

俺たちは、ネットだのメールだのの隠れ蓑《みの》にだまされていた。隠れ蓑そのものにこだわりすぎていた。

隠れ蓑をはぎ取る方法はある。そして、ハイテクの隠れ蓑をはぎ取ってみれば、そこにあるのは、人間の営みでしかないのだ。

廊下が騒々しくなり、捜査員たちは何事かと出入り口のほうを見た。

本庁の捜査員が戸口に顔を出して言った。

「参考人に、任意で来てもらいました」

田端課長が即座に言った。

「ゲームの管理人か？」

「そうです？」

「無理に身柄《ガラ》を引っ張ってきたんじゃあるめえな」

「いや、任意であることは充分に告知してあります。今、取調室に入れました」

田端課長は、捜査一課第六係の元沢《もとさわ》係長と目黒署の芦沢強行犯係長を指名して、取り調べをするように言った。

この二人は予備班だ。身柄を引っ張ってきた容疑者や参考人の取り調べはたいてい予備班が引き受ける。

さらに、田端課長は言った。

「おい、マルやん。おまえさんとエイキチも立ち会ってくれ」

丸谷は驚いた。

「私がですか？」

「ネットゲームのことを最初に言いだしたのはおまえさんたちだ。何か訊《き》きたいこともあるだろう。班長たちを助けてやってくれ」

丸谷は戸惑ったが、エイキチはやる気満々の様子だった。

取調室の男の見かけは、丸谷の想像に反していた。ネットやパソコンのマニアだと聞いて、眼鏡をかけて太ったオタクを想像していた。

だが、実際には、細身で背が高く、顔立ちは整っていた。髪を長くしている。着ているものは、黒一色だ。黒いタートルネックに黒いスーツ。黒いドライバーグローブをはめている。

見るからに女にもてそうな感じだ。

本庁の元沢係長が質問を始めた。

「お名前と年齢、住所を教えてもらえますか？」

「三宅和樹《みやけかずき》。和樹は、平和の和に樹木の樹。三十歳。住所は、埼玉県川越《かわごえ》市……」

エイキチが記録係をやらされた。

「それで……」

元沢係長は、いかにも切れ者という口調で尋ねた。「あなたが、『殺人ライセンス』というネットゲームを運営していたことは、間違いないのですね？」

「ええ」

三宅和樹は平然とこたえた。「私が管理・運営していました」

「ネット上に不定期に現れたり消えたりするゲームですね」

「そうです」

「それは手間のかかることじゃないのですか？」

「けっこうね」

「なぜ、そんなことをしたのですか？」

「あのゲームの内容は知っているでしょう？」

「ある程度はね」

「一歩間違えれば犯罪。そう思ったから、こっちの素性を知られたくなかった。それが理由の一つ。もう一つは、話題性。いつどこに現れるかわからないゲームって、それ自体、ミステリアスでしょう。マニアはその話題だけで飛びつく」

「ゲームを作ったのも、あなたですか？」

「そう。僕が作った」

三宅和樹の話し方は自信に満ちている。ゲームの出来映えと、運営の仕方が自慢のようだ。

『殺人ライセンス』が実際の犯罪に関わる可能性を考えましたか?」

三宅和樹は肩をすくめた。

「あり得ないね。だって、ゲームだよ。ゲームでどうやって人を殺すの?」

「実際に、二件の殺人事件が起こり、それに『殺人ライセンス』が関わっていることは明らかです」

三宅和樹はわずかに身を乗り出した。

「そこだよ、刑事さん」

元沢係長は、姿勢を変えない。相手の話を促《うなが》すために黙《だま》っている。

「マスコミは、『殺人ライセンス』が原因で実際の殺人事件が起きたような言い方してるけど、そんなことあるはずない。僕はそれをはっきり言いたくて、こんな時間にここまでやってきたんだ」

夜の十時になろうとしている。

元沢係長は、丸谷のほうを見た。何か質問しろということらしい。

丸谷は、三宅和樹に言った。

「あのゲームは、殺人の計画を練るためのものだ。どうやったら捕まらずに、殺人をやってのけるか。そうだね?」

「そうだよ」

「つまり、完全犯罪を目的としているわけだ」

「刑事さんも完全犯罪なんて言葉を使うんだ？」

三宅和樹は面白がっている様子だ。最近の若者の特徴だ。物事を面白いか、そうでないかで判断する傾向がある。

丸谷は、その態度に腹が立ったが、それが顔に出ないようにした。

「あのゲームをすべてクリアしたら、それは殺人の綿密な計画となる。そうじゃないか？」

三宅和樹は笑い出した。くすくすという、知的な感じのする笑いだ。

「ゲームはゲームだと言ったでしょう。あれは、単なるＲＰＧの一種に過ぎない。選択肢を考えたのも僕だし、正解不正解を考えたのも、ゲームデザイナーの僕なんだ。つまり、参加者が選択するのはゲーム上の正解であって、現実の正解じゃない。僕の言ってること、わかります？」

丸谷はうなずいた。

「つまり、ゲームの結果どおりに殺人をやったとしても、完全犯罪にはならないということだな」

「当然でしょう。僕は警察の捜査のことを知り尽くしているわけじゃない。ターゲットのこともよく知らない。ターゲットが住んでいる場所の地理的な特徴も知らない。それで、ゲームを組むんですから……」

丸谷は、三宅和樹の言い分が正しいと思った。誰もが、「殺人ライセンス」のおどろおどろしさにだまされてしまう。

丸谷もその一人だったようだ。ゲームをやり終えると、自然に完璧《かんぺき》な殺人計画ができあがるような気がしていたのだ。だが、冷静に考えれば、そんなことはありえない。

三宅和樹が言うとおり、たかがゲームなのだ。

唐突に、丸谷も笑いだしたくなった。

「じゃあ、あんたは、『殺人ライセンス』が実際の殺人に関わる可能性を考えてはいなかったんだな？」

「どうだろう。それはきわどい質問だな……」

「どういう意味だ？」

「リアリズム」

「リアリズム？」

「ゲームの参加者が、あたかも本当の殺人の計画を練っているような感覚になるように工夫をこらした」

「ゲーム上での殺人のターゲットに、実在の人物を登録するようにしたのも、その工夫の一つというわけか？」

「そう」

「そのターゲットになった人物のうち、二人が殺された。あんたは、これをどう思う？」

三宅和樹はちょっと考え込んだ。

「責任を感じているかという意味では、こたえはノーだ。世の中にはおかしなやつがたくさんいる。アニメや映画や小説の影響で罪を犯すやつもいる。だが、そのアニメやら映画やら小説やらに、犯罪の責任があるわけじゃない」

「ターゲットの本名とか住所など、本当の素性をゲームの参加者は知ることができない。そうだな？」

「もちろん。その点には充分注意している」

「だが、実際に二人のターゲットが殺された」

丸谷は、じわじわと攻撃に出た。「ターゲットの素性を知っている人物は限られている。あんたもその一人なんじゃないのか？」

「僕が殺人の犯人だと言いたいの？　冗談じゃない。僕、そんなに暇じゃないよ」

「暇じゃなきゃ、こんなゲームを作ったり、ネット上に出没させたりはしないと思うが……」

「これ、商売だよ。僕、もともとゲームメーカーで働いていたんだけど、そこを辞めてフリーになったんだ。ゲームを作って、ネットで公開して反応を見る。テストを繰り返して完成度の高いものにして、メーカーに売り込むんだ」

「『殺人ライセンス』なんて買うメーカーがあるのか？」

「もちろん、製品にするときには、もっと無難な内容にするよ」

「暇じゃないというのは、犯行を否定する証明にはならない」

三宅和樹の表情がにわかに真剣味を帯びた。

「ちょっと待ってよ。僕は、捜査に協力するためにここに来たんだ。任意同行だよ。容疑者として尋問するなら、逮捕状を取ってからにしてよ。僕、帰るよ」

「まあ、待て。まだ訊《き》きたいことがある」

「だったら質問の内容を変えてよ」

ここで怒鳴りつけるか、脅しをかけることもできる。

取調室に連れ込んでしまえばこっちのものだ。ヤクザの事務所と同じことで、好きなだけ押しとどめておけるし、実際には暴力沙汰《ぼうりょくざた》も日常茶飯事だ。

もちろん違法だが、刑事はそんなことは気にしない。手はいくらでもある。

だが、丸谷は、懐柔路線に出ることにした。

「あんたは、ターゲットの素性を知っていたんだな？」

「知らない」

三宅和樹は言った。「本当だ。僕は登録者からメールで送られてきた内容を検討して、ターゲットを決めていただけだ」

「だが、登録者のメールアドレスは知っていた。登録者から聞き出すことはできたはずだ」

「そんなことはしていない」

「それは証明できますか？」

「証明できない。だけど、そっちにも証拠はないだろう」

「それは、犯罪者がよく口に出す言葉だな……」

「何度も言わせないでよ。僕はね、『殺人ライセンス』が殺人事件と関係がないということを話しに来たんだ。不愉快な話をするなら、僕、帰るよ」

「あの……」

エイキチが言った。「いいですか……？」

丸谷は、二人の係長の顔を見た。目黒署の芦沢係長は本庁の元沢係長を見ていた。同じ係長でも、所轄は警部補、本庁は警部だ。この場の責任者は、元沢係長なのだ。

元沢は、しかめ面でうなずいた。

エイキチが、質問した。

「『殺人ライセンス』がネット上に現れるときの日時やURLは、誰かに教えていましたか？」

三宅和樹は、かすかにほほえんでエイキチを見た。エイキチの質問は気に入ったらしい。

「どうしてそんなことを訊くんだ？」

「興味があるからです。だって、いつ、どこに『殺人ライセンス』が出現するか、誰も知らないんだったら、ゲームに参加したくてもできないじゃないですか。ずっと、変だと思っていたんですよ。せっかくターゲットを登録したとしても、いつゲームが現れるかわからないんだったら、登録者がゲームに参加することすらできない」

　三宅和樹はほほえみながらうなずいた。

「ようやく『殺人ライセンス』についての話ができそうだ。そう、あんたの言うとおり、ターゲットの登録者がゲームに参加できないのでは意味がない。そして、登録者は、自分が参加できるだけでなく、自分が登録したターゲットがどうやって殺されたのかを知る権利があると、僕は思う」

「つまり、登録者には『殺人ライセンス』が出現する日時とＵＲＬを教えていたということですか？」

「そう。あと、ゲームをクリアしたことがある人には、その報酬として知らせている」

「ヤスジとタクマを登録した人にも、日時とＵＲＬを教えていたというわけですね」

　三宅和樹の表情がふと曇った。

「それって、実際に殺された人のことだよね」

「僕たちはそう考えています」

「実をいうと、片方にはＵＲＬを教えていない」

「どういうことです？」

「タクマを登録したほうには、教えている。彼は、以前からのネット仲間だったから、『殺人ライセンス』を立ち上げるときに、アップロードする日時とＵＲＬを教えた。彼は、一度、ゲームをクリアしたことがある。だから、それ以来ずっとアップロードする日時とURLを教えている。だけど、ヤスジを登録した人には教えていない。ある日、突然、ゲームに参加してきたんだ」

「偶然ゲームを見つけた人が、いきなり殺人依頼の登録をしますか？」

三宅和樹は、肩をすくめた。

「ないとは言い切れない」

「だけど、考えにくい。そうですね」

「ああ。どんなゲームかわからないのに、突然、ターゲットを登録してくるというのは、ちょっとね……」

「誰かから情報を得てアクセスしたと考えたほうが自然ですね」

「そう思うよ。実は、僕は、そういう口コミも期待していたんだ。神出鬼没といっても、アクセスする人がいないんじゃ、ゲームの意味がないからね。つまり、演出だよ。マスコミはその演出にまんまと乗ってくれたけどね。霊界からネットにやってくるゲームだという噂まである」

「誰に、アップロードの日時とURLを教えたか、その記録はありますか？」

「あるよ。管理者としては、そういうデータは重要だ」

「それを見せてもらえませんか？」

「そういうの、ちょっと困るな……。個人のデータを公開することになる」

「迷惑はかけませんよ。協力してください。全部の個人データを見たいわけじゃありません。ある特定の人物を確認したいんです」

「つまり、殺人事件の容疑者ってこと？」

「そうです」

エイキチは、あっさりと言った。

丸谷はちょっと驚いた。三宅和樹が「殺人ライセンス」の出現を予告していた相手の中に、容疑者がいると言っているのだ。

丸谷は、まだその確信を持てずにいる。だが、エイキチはすでに疑いを持っていないような口調だ。

三宅和樹に対するはったりかもしれない。あるいは、エイキチは本当に確信しているのかもしれない。

「殺人事件となれば、警察は容赦しないよね。どうせ、断れば令状を持ってくるんでしょう？」

エイキチは落ち着いてこたえた。

「当然、そうなりますね」

「わかった。協力するよ。リストは、自宅のパソコンの中だ」

丸谷は、元沢係長と芦沢係長が顔を見合わせるのを横目で見ていた。三宅は話が通じる相手を求めていたのだ。

すぐさま、丸谷とエイキチが三宅和樹とともにパトカーで彼の自宅に急行することになった。

22

夜の十時。

相沢は、パソコンの電源を落とした。妻は寝室にいる。このところ、リビングルームにいることが少なくなった。

寝室に小さなテレビがある。それを見ているのだろう。

麻理はいつもと同じく、部屋にこもっている。

相沢は覚悟を決めて、リビングルームにある小さな城の椅子から立ち上がった。まず、寝室に行き、妻に言った。

「話がある」

妻は、やはりテレビを見ていた。眼をテレビの画面に向けたまま言った。

「なんです？」

「リビングルームに来てくれ」

「話ならここでもできるでしょう？」

「麻理も呼ぶ」

妻の容子は、ようやく相沢の顔を見た。それから、眉《まゆ》をひそめた。相沢の真剣な表情に驚いたのかもしれない。

「麻理はもう寝てるかもしれませんよ」

「寝てたら起こす」

どうせ、寝てなどいない。麻理は年々宵っ張りになっている。

妻はベッドに腰掛けたまま動こうとしない。

「すぐに来てくれ」

そう言うと、相沢は麻理の部屋に向かった。ドアの向こうから音楽が聞こえる。CDか何かを聞いているらしい。

相沢はドアをノックした。

「麻理。起きてるだろう。ここを開けてくれ」

返事がない。相沢はもう一度、ドアをノックした。

いきなりドアが開いた。

仏頂面の麻理が、無言で相沢を睨《にら》んでいた。

「話がある。リビングルームに来てくれ」

麻理は、そっぽを向くと言った。

「なんだよ。もう寝るんだよ」

「いいから、来てくれ。大事な話だ」

麻理は、相沢の顔を横目でちらりと見た。返事をしない。

腹が立ったが仕方がない。こういうふうに育ててしまったのは、相沢だ。

「母さんも来る。すぐに来てくれ」

リビングに行くと、妻がソファに腰掛けていた。こちらも、反感のこもった眼で相沢をちらりと見た。

麻理が、いかにも面倒くさいという態度でやってきた。相沢は麻理に言った。

「そこに座ってくれ。母さんの隣だ」

麻理は、言われたとおりに座った。相沢は、一人がけのソファに腰を下ろした。妻や娘が座っているソファと九十度の角度に置かれている。向かい合って座らずに済む。

妻も麻理も何も言わない。二人とも、不機嫌そうにそっぽを向いている。

「二人とも、父さんの仕事のことで、不安に思っているようだ。そこで、ちゃんと話をしておかなければならないと思った」

「その話はもう終わりです」

妻が言った。「ちゃんとした仕事を見つけてください。あたしが言いたいのはそれだけです」

「探偵はちゃんとした仕事だ。最近は、ますます需要が増えている。着実に仕事をこなせば、家計の心配もない」

麻理は何も言わない。関心なさげにそっぽを向いている。相沢は話を続けた。

「もともとは、父さんがリストラにあったことが問題だった。父さんも、当初はどうしていいかわからなかった。会社をクビになることなど考えたこともなかった。しかし、世の中が変わったんだ。今や、中高年のリストラは珍しくない。それを、父さんは受け容れた。だから、おまえたちも受け容れてほしい」

妻は、相変わらず相沢と眼を合わせようとしない。

「おまえたちの言いたいことはわかる。父さんと同じ年齢のやつが全員リストラにあったわけじゃない。優秀なやつは会社に残った。だが、父さんは会社では優秀ではなかった。ほかにやるべきことがあるような気がしていた」

「それが探偵だって言うんですか？」

妻が言った。

「そうだ」

「それで、仕事を探すふりをして、探偵学校なんかに通っていたんですか？」

「そうだ」

「一人で勝手に決めたんですよね」

「そうだ。私の人生は限られている。これまでずっと自分をだまして生きてきた気がする。リストラはいいチャンスだったかもしれない。ちゃんと生きてみよう。そう考えるようになった」

「あなたの人生は、あなた一人のものだと思っているんですか？　だったら、ちゃんと一人になってください」

「それは、別れようということか？」

「あなたが、勝手に生きるというのなら、それしかないでしょう」

「俺はそのつもりはない。この家庭を守っていけると思っているし、どんなことをしてでも守っていく覚悟がある」

「それが自分勝手だって言ってるんです」

「おまえは、俺が会社員だから今までいっしょに暮らしてきたのか？　俺という人間を認めていなかったのか？」

妻は何も言わない。

「それは、ずいぶん俺をばかにした話じゃないか。おまえは、俺じゃなく、俺の給料だけを頼りにしていたのか」

まだ黙っている。

「俺には、ともに戦ってくれる家族が必要だ。もう、後戻りはできない。後戻りする気もない」

「一人で勝手に決めないでください」

妻がぴしゃりと言った。「あなたの人生だと言ったわね。でも、わたしたちも巻き込まれるのよ」

「巻き込まれるという考え方はもうやめてほしい。いっしょに戦ってほしいと言ってるんだ」

「どうして……」

妻は言った。「どうして、決める前に相談してくれなかったんです？」

「相談したら、反対されると思った」

「反対しましたよ。あたしたちが、反対したらやめてくれたんですか？」

「わからない」

相沢は正直に言った。「決心がゆらいだかもしれない。だから、秘密で学校に通った」

「それが問題なんです」

それって、なんだ？

相沢は妻が何を言っているのかわからなくなった。

妻が言った。

「大切なことを一人で決めてしまったことが、問題なんです。相談されたら、もちろん反対しましたよ。でも、心の準備ができたはずです。いきなり、探偵になると言われても、こっちは慌てふためくしかないじゃないですか」

妻がようやく本音を語りはじめた。相沢はそう感じた。

「探偵になると言った日から、パソコンと睨めっこしているし、殺人事件だなんだと、刑事までやってくる。麻理のクラスメートを独り占めしているし、知らないうちに、麻理から依頼を受けたですって？　何でもかんでも一人で勝手に進めて……。いっしょに戦うですって？　今のままじゃ、そんなことできっこないじゃないですか」

妻の言い分は正しい。今まで、なんだかんだいっても、自分のことしか考えていなかったのかもしれない。

今ようやく気づいた。妻は孤独だったのだ。

突然、夫がリストラされる。それだけでもショックなのに、相談もなく突然、探偵になると言いだした。

そして、キュウと二人でパソコンと睨めっこだ。たしかに妻の居場所はなくなっていた。

「すまん」

相沢は言った。「その点については、おまえの言うとおりだ」

「ちゃんと話してください」

「だから今、話を……」

「そうじゃなくって、今、やっていることを教えてください。でないと、手伝いも何もできないじゃないですか」

驚いた。妻は、今相沢が手がけている内容を知りたいと言っているのだ。

「おまえが、そんなことを知りたがっているとは思わなかった」

「あくまであたしは、あなたが探偵になるというのは反対ですよ。でも、決めたというのなら仕方がないじゃないですか。ただ、あたしは何をしていいのかわからない。それが何より頭に来るんです」

「わかった」

相沢は言った。「話そう」

相沢は、最初から話した。長い話になったが、麻理も席を立とうとはしなかった。妻もじっと話を聞いていた。

相沢が話し終わると、妻は言った。

「殺人事件とネットゲームのことは、ワイドショーでもやってるんで、知ってるわ」

「殺人事件を解決しようと思っているわけじゃない。俺は、キュウ君といっしょに、何か手がかりがないかとネット上を歩き回っていただけだ」

「でも、そのくるるんって人のことに気づいたんでしょう」

妻が、相沢のやったことを評価するような言い方をした。相沢はまた驚いてしまった。

「麻理の依頼は、深夜のテレビの声の正体を探ることだ。それも、早急にやらなければな……」

「それで……」

妻が言った。「あたしは何をすればいいんです？」

「正直に言うと、わからん。とりあえず、いっしょにパソコンでも覚えてくれ」

「推理でもしてみようかしらね」

ようやく、かつての妻らしく、冗談めいた言葉が出た。

相沢は、その瞬間、なぜだかひどく感動していた。

「話は終わりだ」

相沢は、麻理に言った。「調査は続ける。近いうちに結果を出す」

麻理は、相変わらずの態度だ。かすかにうなずくと、何も言わず立ち上がり、部屋に向かおうとした。

話を聞いてくれただけでもいい。相沢は思った。

リビングルームを出る戸口で、麻理が立ち止まり、振り返った。

「あたしだってさ……」

麻理が言った。

「え……？」

相沢は麻理のほうを見た。

「あたしだって、何かできるかもしれないよ。パソコンだって持ってるし」

相沢は、ぽかんと口をあけて麻理を眺めていた。

麻理は苛立《いらだ》ったような様子で言った。

「だから、あたしも応援するって言ってんの」

それだけ言うと、麻理はさっと部屋に入って行った。

「あの子、照れてんのよ」

妻が言った。

相沢は、言葉が出てこなかった。

ちゃんと話してよかった。しみじみとそう思っていた。

23

丸谷が、三宅和樹の自宅から捜査本部に戻ったときには、すでに夜中の十二時を回っていた。

三宅は、自分のパソコンからデータをディスクに落とすと、丸谷にではなく、エイキチに手渡した。丸谷よりエイキチを信用しているのかもしれない。

あるいは、エイキチのほうを気に入ったということだろうか。どちらでもいい。どうせ、捜査本部のパソコンにそのディスクを差し込んで、中のデータをプリントアウトするのは、エイキチの仕事だった。

「殺人ライセンス」がネット上に出現する日時と、そのURLを通知していた相手のデータだ。つまり、その連中は、「殺人ライセンス」にターゲットを登録したか、ゲームをクリアしたことのある人間だ。

エイキチがプリントアウトしたデータのコピーを持ってやってきた。同じコピーが捜査本部に残っていた捜査員たちにも配られた。

丸谷は、その紙の中に必ずこれまでの捜査で浮かんだ名前があるに違いないと思った。ひったくるようにして紙を受け取り、眼を通した丸谷は、愕然《がくぜん》とした。

そこに記されているのは、氏名でも住所でもなかった。

わけのわからない単語と、メールアドレスだけだった。並んでいる単語はどうやら、ネット上で使われる呼び名のようだ。

「なんだこれは……」

丸谷は思わずうめいた。

エイキチが平然と言った。

「ネットの世界では、これで充分に用が足りますからね」

「俺たちは、氏名と住所が知りたかったんだ」

「たぶん、三宅和樹本人も知らなかったと思いますよ。ネット上では住所も本名もたいした意味は持ちません」

田端課長や池田管理官も戸惑った様子で紙を見つめている。

「くそっ。これじゃ、また一から出直しじゃないか」

丸谷はそう思った。

またしても、犯人がネットという隠れ蓑《みの》の陰に身を潜《ひそ》めてしまったような気がしたのだ。

エイキチが驚いた顔で言った。

「そんなことはありませんよ」

丸谷は苛立ち、エイキチに食ってかかった。

「なんだ、このわけのわからない名前は……」

「ハンドルネームです」

「そんなことを訊《き》いているんじゃない。これでどうやって実在の人物を見つけられるというんだ」

「アドレスがわかれば、使っているメールサーバーがわかります。つまり、メールサービスをしているプロバイダなどの接続業者が特定できます。令状を持っていけば、契約者の名前と住所を教えてくれるでしょう」

「だが、いつか、おまえは言わなかったか？　無料メールだかなんだかを使えば、誰がどこからメールを送ってきたのかわからなくなるって……」

「三宅和樹は、無料メールなどのアドレスを受け付けていないようです。ここにあるのは確実に相手を特定できるアドレスです。つまり、接続業者がはっきりしているのです」

「接続業者は、なかなか契約者の素性については教えてくれないんだろう？」

「だから、令状があれば別なんですってば……。殺人の容疑者となれば話は違ってきますよ」

丸谷は、しばらくぼんやりとエイキチの顔を眺めていた。

「じゃあ、このリストから氏名と住所を割り出すことができるんだな」

「接続業者の協力次第ですけどね」

「やってみる価値はあるというわけだ」

「もっと簡単な方法がありますよ」

「なんだ？」

「末吉陽一と町田晴美が、ハンドルネームを使っているかどうかを訊いてみればいいんです。もし、彼らがハンドルネームを持っていて、それがこのリストの中にあれば……」

丸谷は考えた。

「待て、整理して考えてみたい。大阪の事件で一番鑑が濃いのは、末吉陽一だ。そして、目黒の事件で一番鑑が濃いのは町田晴美だ。これは間違いない。だが、二人にははっきりとしたアリバイがあり、事件との関わりを否定している。だが、もし、その二人が『殺人ライセンス』にターゲットを登録していたことがわかれば……」

「それをきっかけに、交換殺人に発展したという可能性が大きいと思います。三宅和樹が言っていました。タクマをターゲットとして登録した人物には、ゲームが出現する日時やURLを教えていたけれど、ヤスジを登録した人物は知らなかったと……」

「それはどういうことだ？」

「タクマを登録した人物とヤスジを登録した人物の個人的なつながりですよ。もちろん、それはネット上でのつながりかもしれません。そして、順番が逆であることが重要なような気がしますね」

「順番……？」

エイキチは、淡々としゃべりつづけている。

「そう。ある人物……、仮にAとしましょうか……。そのAが、メールのやりとりか何かで、知り合いのBに『殺人ライセンス』のことを教えたとします。Bは、すぐにヤスジのことをターゲットとして登録してしまったのです。ヤスジのことをよほど怨《うら》んでいたのでしょう。それにAが気づいたのです。そして、交換殺人の計画を練り、自分も続いてタクマをターゲットとして登録した。これで、カムフラージュの用意ができたというわけです。ネットゲームがらみの殺人というわけで、捜査はおおいに混乱したし、世間もネット社会の恐怖などと騒ぎ立てた。まるで、ネットゲームのマニアが、面白半分に連続殺人をしでかしたような印象を与えたわけです」

丸谷は、頭の中でエイキチが言ったことを何度も検討してみた。仮説としては悪くない。どこかに欠点や見落としがないかを考え、反証を試みようとした。

だが、エイキチの言ったことは、筋が通っているように思えた。

丸谷は、もう一度紙を見た。

そのとき、あるハンドルネームが眼に留まった。

「こいつは……」

丸谷がつぶやくと、エイキチが尋ねた。

「どうかしましたか？」

「このハンドルネームに見覚えがある」

「どれです？」

「この、くるるんってやつだ。相沢が電話で言っていた」

「ああ、覚えています。たしか、永友とかいう少年に、いつも『殺人ライセンス』の出現を教えてくれるという人物ですね。まあ、三宅から予告されていたのなら、いつもゲームにアクセスできたのは当たり前ですね」

「それを、いつも永友少年に教えたのはなぜだ？」

「さあ……。暗に自慢したかったんじゃないですか」

「俺にはそれだけとは思えねえな」

「どういうことです？」

「とにかく、くるるんについて詳しく聞きたくなった」

丸谷は、携帯電話を取りだして相沢にかけた。

＊

相沢は、妻とパソコンを睨《にら》めっこしていた。話し合って決めたとおり、相沢は、妻にパソコンの手ほどきを始め、ネットの世界を案内していた。

妻の容子はたちまちいろいろな掲示板に興味を示しはじめた。やはり、自分のやり方が間違っていたのだと痛感した。

妻がかたくなだと思っていたが、実はかたくなだったのは自分のほうだったのだ。

電話が鳴り、妻が出た。

「はい、お待ちください」

妻はそう言うと、相沢に受話器を差し出した。

「誰だ？」

「丸谷さん。刑事さんでしょう？」

相沢は立ち上がり、受話器を受け取った。

丸谷は挨拶《あいさつ》もせずに言った。

「永友という少年の住所を教えてくれ。この間、聞き損なった」

「どうして、キュウ君の住所を……？」

「いいから教えてくれ。急いでるんだ」

「これから話を聞きに行くという意味か？」

「おい、警察は甘くないと言ったのを忘れたのか。さっさと教えろ」

相沢は腹が立った。

「それが人にものを尋ねる態度か？　こっちはずっと善意で情報を提供してきたんだ。利用するだけしておいて、なにが警察は甘くないだ。こっちだって甘くないんだ。キュウ君の住所を知りたければ、所轄の地域課ででも調べるんだな。切るぞ」

本気で電話を切るつもりだった。

「待て……」

丸谷の疲れ切った声が聞こえてきた。「待ってくれ。くるるんのことについて、もっと詳しく訊きたいんだ」

「こんな時間だぞ」

「警察に時間は関係ない。なに、たいていの高校生は起きてるさ」

「俺も同席する」

しばらくの沈黙。

やがて、丸谷のさらに疲れたような声が聞こえてきた。

「好きにしろ」

相沢は、キュウの住所を教えた。いきなり電話が切れた。丸谷は礼も言わなかった。

相沢は、妻に言った。

「出かける」

「永友君のところですか……」

「ああ。刑事がこれから話を聞きに行くという。どういうことになっているか、知る権利は俺にもあると思う」

妻は言った。

「帰ってきたら、あたしにも教えてくださいね」

「ああ」

相沢はうなずいた。「ちゃんと知らせる」

*

相沢はキュウの携帯に電話した。丸谷が言ったとおり、キュウはまだ起きていた。相沢がキュウの自宅に着いたときには、キュウが寒そうに身をかがめながら、玄関のところで待っていた。

「オヤジとオフクロが寝てるんですよ」

相沢はうなずき、玄関で刑事たちを待ち受けることにした。

やがて、車がキュウの自宅の前に停まった。普通の乗用車だった。

丸谷と、先日もいっしょだった若い刑事が降りてきた。

「覆面パトカーか?」

相沢が、丸谷たちの乗ってきた車を見ながら尋ねると、丸谷は顔をしかめてぼそりとこたえた。

「いや。捜査員の自家用車を借りてきた。世の中で思ってるほどパトカーの数はないんだ」

電話で多少強く言ったせいか、丸谷の態度が軟化しているような気がする。

丸谷は、キュウに言った。

「話が聞きたいんだが、いいかね?」

「相沢さんから聞きました。くるるんのことですね」

「そうだ」

「オヤジとオフクロが寝てるんで……」

丸谷はうなずいた。

「車の中で話をしよう」

相沢とキュウは、後部座席に並んで腰かけた。丸谷が助手席に座って体を捻《ひね》り、キュウのほうを向いた。

若い刑事は運転席に座り、正面を向いている。

「『殺人ライセンス』の管理者を見つけたよ」

丸谷がキュウに言った。

相沢は、本当かと思わず声に出しかけたが、黙っていることにした。

キュウも驚いた様子だった。

丸谷が続けて言った。

「その管理者は、何人かの関わりの深い人物に、ゲームが出現する日時や、なんというんだっけ……、アドレスのようなもの……」

「URLですか？」

「そう。そいつをメールで予告していたそうだ。その何人かの中にくるるんの名もあった」

のもうなずける。

なるほど、そういうわけか。

相沢は思った。くるるんが「殺人ライセンス」の出現をキュウに教えることができた

ならば、丸谷は何を訊《き》きに来たのだろう……。

丸谷がキュウに尋ねた。

「くるるんという人物は、君に『殺人ライセンス』の出現を何度か知らせた。そうだね」

キュウが不安げな表情でうなずく。

やましいことをしていなくても、刑事に質問をされるのは緊張するものだ。

「何度くらい知らせてきたんだ」

「二度です」

キュウは言った。それから、言い訳をするような口調で付け加えた。「たった二度ですけど、普通じゃないって思ったんです。だって、いつどこで現れるかわからないゲームの出現を二度も知らせてきたんです」

丸谷はうなずいた。

「最初に『殺人ライセンス』のことを教えてくれたのもくるるんなのか?」

「いいえ、違います。ネットサーフィンしているときに、偶然見つけたんです」

「偶然見つけた……」

丸谷は、確認を取るような口調で繰り返した。

「そうです」

「くるるんが、『殺人ライセンス』の出現を知らせてくるようになったのは、どうしてだ？」

「ある掲示板で、僕が話題にしたんです。そうしたら、くるるんも、そのゲームを知っていると言って……。でも、アップを予告されているなんて、一言も言ってなかった……」

「アップ？」

「アップロードです。ネット上にデータを上げることを言います」

「おそらく、ゲームの管理者に口止めされていたんだろう。ああいうゲームは、秘密のにおいが強いほどいいんだろう？」

「そうですね」

丸谷は、一つ一つ嚙《か》みしめるようにキュウのこたえを検討しているように見える。いったい、何を知りたいのだろう。

相沢は、じっと丸谷を観察していた。

丸谷がキュウに訊いた。

「くるるんは、どうして君に『殺人ライセンス』の出現を知らせてきたんだと思う？」

「どうしてって……」

キュウは落ち着かない様子で目を瞬《まばた》いた。「わかりません」

「質問を変えよう。君は、掲示板で『殺人ライセンス』のことを話題にしたと言ったね」

「はい」

「それ以前には、話題にはなっていなかったのか？」

「僕の知る限りでは、話題にはなっていませんでした」

「君がネット上で話題にしようと思ったのはなぜだね？」

「まず、ゲームそのものが特別な感じがしたし、ニュースを見てびっくりしたからです」

「つまり、実際の殺人事件のニュースだな？　ヤスジの事件か？　タクマの事件か？」

「まず、ヤスジのほうです。それで、驚いてゲームマニアの掲示板に書き込んだんです。そうしたら、くるるんからのレスが付いてました」

「レス？」

「返事のことです」

「くるるんのことを警察に知らせようと思ったのはどうしてだ？」

「二度も『殺人ライセンス』のアップを知らせてくるなんて、いくらなんでも、ちょっとおかしいと思ったんです。最初は、くるるんのネットの実力がすごいだけだと思っていたけど、考えてみると、いくらネットに慣れていたって、そうそう出くわすもんじゃないって気づいたんです」

「それだけか？」

キュウは、そう尋ねられて、じっと考え込んだ。

しばらく考えてから、キュウはこたえた。

「そう言われてみれば、くるるんの書き込みが少し変だと感じていました。それで、警察に知らせる気になったのかもしれません」

「書き込みが変？　どういうふうに変だったんだ？」

「僕は、『殺人ライセンス』について書き込みをした頃、友達に頼まれて、別のことをネット上で調べていました。オカルト系の掲示板なんかに、そのことを書き込んでいたんです。くるるんは、そちらにも顔を出すようになったんです。それまでは、オカルト系のサイトになんか、書き込みはしなかったのに……」

「君はそのオカルト系の掲示板にどんな書き込みをしたんだ？」

「えーと……」

キュウは話しづらそうだった。仲間が集まるネット上では平気で書き込みできても、相手が警察となると話しづらいのもわかる。

相沢はそう思った。

「友達が、妙なことを言ったんです。深夜、テレビ放送が終わっても、テレビをつけっぱなしにしていたらしいんです。画面が砂嵐みたいになって、シャーって音がするじゃないですか。そういう状態のときに、突然、テレビから声が聞こえてきたんだそうです。不気味な声だったらしくて、その友達は、すっかり怯《おび》えてしまって……。その正体が何なのか、調べてくれって頼まれたんで、掲示板に書き込んでみたんです」

「放送終了後のテレビから、声が聞こえてきた？」

丸谷は、怪訝《けげん》そうな顔をした。

信じていない様子だ。

相沢は言った。

「その声を聞いた、キュウ君の友達というのは、私の娘のことだ」

丸谷は黙って相沢を見た。

相沢はさらに言った。

「娘の精神状態を疑っているのかもしれないが、その声を聞いたというのは、娘一人じゃない。彼女の友達もたしかに聞いたと言っているそうだ。事実だとしたら、何か原因があるに違いない」

丸谷は、しばらく相沢を見つめていた。何を言おうか迷っているように見える。

黙っていろと言いたいのか……。

相沢は思った。

よけいな口出しはしたくない。だが、キュウに助け船を出すくらいのことはしてもかまわないと思った。

結局、丸谷は相沢には何も言わず、キュウへの質問を続けた。

「くるるんは、そのテレビの声についてもコメントしたのか？」

「テレビからの声について、直接コメントしたわけじゃありません。ほかの人が、その声は霊界からの声だというコメントを書いてきたんです。そして、その話がどんどん盛り上がっていって……。そんなとき、くるるんが、『殺人ライセンス』も霊界からのゲームかもしれない、なんて書き込んだんです」

「マスコミの一部が、そのことを取り沙汰《ざた》していた。若者の間で、妙な都市伝説が流行《はや》っているって……。つまり、霊界からネットに紛れ込むゲームがあると……。そして、そのゲームのターゲットにされた人物は必ず死ぬ……」

「もともとは、僕が『殺人ライセンス』や、深夜のテレビの声のことを書き込んだことから始まったんです。でも、噂はどんどん大きくなっていって、僕にはどうすることもできなくなってしまいました」

「話を聞く限り、くるるんが、意図的に二つの話をつなげてしまったように思えるな……。どう思う？」

　相沢はそれを聞いて、ようやく丸谷の質問の意図を悟った。

　丸谷は、くるるんが「殺人ライセンス」にまつわる都市伝説を意図的に作り上げようとしたのではないかと考えているようだ。

　キュウは、引き込まれるように言った。

「そうなんです。僕は、どうしてくるるんが、噂を煽《あお》るような書き込みをするのか、理解できませんでした。ただ、面白がっているのかとも思いました。くるるんは、もちろん『殺人ライセンス』がただのネットゲームだってことを知っています。知っていながら、『殺人ライセンス』が霊界のゲームだってことになり、みんなが怖がるのを面白がっているのだと……」

「ただ、面白がっているだけじゃないな……」

相沢は思わず言った。

また、丸谷が相沢を見た。相沢はかまわず続けた。

「つまり、くるるんは、噂を広めたかったんだ。できる限りセンセーショナルな形で……。オカルトじみた都市伝説は、彼の狙いにもってこいだった」

丸谷は、相沢が発言したことについて非難はしなかった。逆に、相沢に意見を求めた。

「くるるんは、なんのためにそんなことをしたんだと思う？」

「事実から世間の眼をそらすため。その世間の中には警察も含まれる」

丸谷はうなずいた。

「『殺人ライセンス』の異常さがクローズアップされればされるほど、実際の殺人も異常に見えてくる。ゲームマニアが異常な連続殺人を企てたという幻想が、容易に人々に受け容《い》れられる土壌ができる。そういうことだな？」

「そう思う。それがくるるんの狙いだったんだ」

丸谷は、疲れ果てたような顔に、やはり疲れたようなかすかな笑みを浮かべた。

「おまえ、けっこう探偵らしいこと言うじゃないか」

「俺は、もう探偵だよ」

丸谷は、相沢のほうを見たまま、運転席にいた若い刑事の肩を叩《たた》いた。若い刑事は、ポケットから折り畳んだ紙を取りだして丸谷に手渡した。

丸谷は、その紙を助手席の背もたれ越しにキュウに差しだして言った。

「この中に、知っているハンドルネームはあるか？」

キュウは、怪訝そうな顔で紙を覗《のぞ》き込んだ。丸谷がルームライトをつけた。

ややあって、キュウは言った。

「二つだけあります」

「言ってくれ」

「一つはくるるん」

「もう一つは？」

「案山子です。彼は、『殺人ライセンス』とヤスジが殺されたことに、書き込みで触れていました」

「その書き込みの記録は取ってあるか？」

「記録なんて取ってありませんよ」

「掲示板には残っているな？」

「さあ、どうでしょう。掲示板っていうのは、たいてい古い書き込みをどんどん消していきますから……。せいぜい残っているのは、新しい五十件くらいのものです」

丸谷はうなずいて、隣の若い刑事のほうを見た。若い刑事も無言でうなずいた。

丸谷はキュウに言った。

「もう一つだけ訊《き》かせてくれ。くるるんと案山子は、お互いのことを知っているか？」

「少なくとも、ネット上では知り合いですよ。二人とも、同じ掲示板でしょっちゅう書き込みしていますから……」

「互いに、メールアドレスを知っているだろうか」

「さあ……。でも、知っていてもおかしくないと思いますよ。ええ、たぶんお互いに知っているでしょう」

丸谷は、言った。

「夜分にすまなかった」

「いえ、いつもまだ起きてますから……」

それから、丸谷は相沢の顔を見た。

「送っていこうか？」

「いや」

相沢は言った。「すぐ近くだから、歩いて帰る」

相沢が車から降りると、丸谷も降りて近づいてきた。

何か言いたいことがあるのだろうか。相沢は丸谷を見た。

丸谷は、大きく溜《た》め息をついた。

「協力に感謝していないわけじゃない」

相沢は、丸谷が何を言おうとしているのかわからなかった。

「何だって？」

「感謝してるんだ。だが、つい親しい者には甘えてしまう。つらいときには、当たってしまったりもする。刑事なんてつらいことばかりだからな」

相沢は少しうろたえ、それから言った。

「そうなんだろうな」

「失礼なことがあったとしても、友達のよしみで大目に見てくれ」

「友達だって？」

「高校の同級生だろう？」

「何だ？　弱気になっているのか？」

「弱気？」

丸谷は、うめくように息を吐き出した。「いや、そうじゃない。ようやくちょっとばかり安らかな気分になってきた」

「安らかな気分？」

「おまえ、将棋をやるか？」

「まあな」

「勝負の終盤だ。ようやく勝機が見えてきたとき、興奮と同時にちょっとばかり穏やかな気分になるだろう」

「そうかもしれない」

「それに似ている」

「つまり、犯人がわかったということか？」

「特別に教えてやろう。おそらく、くるるんと案山子の二人が犯人だ」

「二人が犯人？　連続殺人じゃないのか？」

「交換殺人だ。これは、ここにいるエイキチが言いだしたことだが、おそらく間違ってはいない」

「捜査情報は極秘なんだろう？」

「いいさ」

丸谷は言った。「おまえは探偵だ。他言はしないだろう」

相沢は、しばし丸谷を見据え、それからうなずいた。

丸谷は、また、疲れ果てたようなかすかな笑いを浮かべ、車に戻った。

キュウが後部座席から降りると、車はすぐに発進した。そのテールを見ながら、相沢は思った。

ほんの少しだけ、妻には隠し事をしなければならないな。刑事と探偵の間の秘密は守らなければならない。

＊

捜査本部に戻ると、丸谷は、田端課長をつかまえて、長い話を始めた。

三宅和樹のリストの中に、くるるんと案山子があったこと。そして、永友少年から聞いたくるるんと案山子の関係について説明した。

その上で、エイキチの仮説を説明し、くるるんと案山子というハンドルネームを持つ人物を特定する必要があることを理解させた。

「つまり、なにか……」

話を聞き終わると田端課長は言った。「プロバイダだか何だかで、その二人の素性を聞き出すためには令状が必要だということか？」

エイキチが言った。

「あったほうがいいでしょう」

「あったほうがいいだと？　そんないい加減なことで令状は取れねえよ」

「プロバイダは信用が何より大切なんです。特定の契約者であっても、その素性を簡単に警察に教えたとなれば、商売は上がったりですよ。だから、プロバイダは慎重なんです。令状がなければ、説得におそろしく時間がかかるでしょう」

「わかった。すぐに手配する。だが、発行は明日《あした》の朝になるかもしれん」

丸谷はうなずいた。

「けっこう。それまで、少し休めます」

「それで、マルやん」

田端課長が尋ねた。「話を聞いていると、このくるるんと案山子ってやつの素性がわかると何か面白いことになりそうだって印象なんだが……」

課長は、はっきりと俺の口から聞きたがっている。丸谷には、それがわかった。

はっきりと言ってやった。

「面白いことになるどころじゃありませんね」

「ほう……」

「くるるんと案山子の二人の名前がわかれば、王手ですよ」

24

キュウは、昨夜の刑事の質問について、何度も考えていた。おかげで昨夜はほとんど眠れなかった。

授業中、睡魔と戦い、ようやく放課後になった。家に帰って一眠りしようと思っていると、廊下の向こうから高田祥子と相沢麻理が近づいてくるのが見えた。

先日のことがあるので、なんだか気まずい。あれ以来、祥子たちとは話をしていない。キュウは、二人をやり過ごそうとしたが、彼女たちは、目の前で立ち止まった。キュウは、わざとあらぬほうを見ていた。

祥子が言った。

「キュウ、麻理が話があるって」

自宅で麻理がどんなふうか、しゃべったことを非難されるのだろう。キュウは心の中で身構えた。

麻理が言った。

「こないだは、あたしが悪かった。ごめん」

「え……」

キュウは、ぽかんと麻理の顔を見つめてしまった。

祥子が言った。

「麻理は、悪かったって言ってるんだよ」

「ああ、いや……」

キュウは言った。「俺こそ、悪かったよ。余計なこと言っちまって……。あんなこと、言うつもりなかったんだ」

「じゃ、そういうことだから」

祥子がさばさばとした口調で言って、二人は去っていこうとした。

「あ、ちょっと待ってくれ」

キュウは言った。またとないチャンスだと思った。

「何よ」

祥子が振り返って言った。

「俺も相沢に、ちょっと話が……」

祥子がキュウと麻理を交互に見た。麻理は、キュウの顔を見ている。

キュウは言った。

「タモツがさ、相沢のこと、好きなんだよ。今度、話を聞いてやってくれないか」

麻理は、意外に落ち着いていた。告白されるのは慣れているのかもしれない。キュウはそんなことを思った。

「ごめん」

相沢麻理は言った。

タモツとは付き合えないという意味だろうか。

「話だけでも聞いてやってくれよ」

「タモツ君がどうのというんじゃないんだ。あたし、今とってもいやな子だから……。自分で自分のこと、好きになれないから、誰かと付き合ったりしちゃいけないような気がする」

「どういうことだよ」

「うまく説明できないけど……。祥子とも話し合ったんだ。あたしには、もう少し、時間が必要だって思うの。だから……」

キュウは、麻理が正直な気持ちを話していると感じた。これ以上は、何も言えない。

「それを……」

キュウは言った。「その気持ちをタモツに話してやってくれないか」

麻理はしばらく考えていたが、やがてうなずいた。

「いいよ」

キュウもうなずいた。

「ごめんな」

キュウは、二人に背を向けて歩きだした。仕方がない。タモツとの約束だけは果たした。その結果にまで責任を持ったわけじゃない。

靴をはきかえて、学校の玄関を出た。

そこで、後ろから呼び止められた。

祥子だった。彼女は一人だった。麻理はいない。

「なんだよ」

キュウは、照れくさくて、どうしてもふてくされたような態度になってしまう。

「あんた、あれでいいの？」

祥子が言った。

「あれでいいって、どういうことだよ」

「本当は、あんたがコクりたかったんでしょう？」

「俺が……？」

「あんた、どこまでお人好《ひとよ》しなの？　タモツに言われたからって、自分は身を引くわけ？」

「待てよ」

キュウはうろたえた。「それ、どういうことだよ」

「あんた、麻理のことが好きなんでしょう。それなのに、タモツとの間を取り持とうとするなんて……」

「違うよ」

「何が違うのよ」

「俺、相沢が好きなわけじゃない」

「嘘」

「嘘じゃない。俺が好きなのは相沢じゃないんだ」

「麻理じゃない？」

「そう。おまえだよ」

「え……」

はずみでも勢いでもいい。こうなれば、言ってしまえ……。

祥子は、鼻で笑い飛ばすかもしれないと思った。だが、そのあとの祥子の反応は意外だった。

「俺が好きなのは、おまえなんだよ」

祥子は立ち尽くし、じっとキュウを見つめていた。心底驚いている様子だ。

その眼に涙が溜《た》まっていくように見えた。

「告白しちまった……」

キュウは、照れ隠しにつぶやいた。

それでも祥子は黙っていた。キュウも言葉を失った。二人は、放課後の日溜まりの中で向かい合って、ただ立ち尽くしていた。

＊

大阪で、塩崎琢磨が殺害された日、町田晴美はたしかに東京にいたことが確認された。その日、会社を辞める女子社員の送別会があり、町田晴美はそれに出席していた。町田晴美は、両方の事件にアリバイを持っていることになる。

捜査本部の中には、そのことを理由に、エイキチの交換殺人の説に異を唱える者もいた。同一の凶器が使用されたらしいという鑑識の報告を根拠に、単独犯の連続殺人を主張する捜査員もいる。いまだに、容疑者は特定されていない。

だが、丸谷は慌てなかった。くるるんと案山子の正体がわかれば……。

丸谷とエイキチは捜索令状を持ち、くるるんと案山子が契約しているプロバイダを訪ねていた。

くるるんが契約しているのは、大手のプロバイダで、会社は八王子《はちおうじ》にあった。案山子も別の大手のプロバイダと契約をしている。こちらは、川崎《かわさき》にある。

双方を訪ねるだけで一日仕事となってしまう。

まず、くるるんだった。丸谷とエイキチの応対に出たプロバイダの社員は、あれこれと理由を並べて、くるるんの素性を教えることを渋ったが、結局令状には勝てなかった。

「名前と住所だけでいいんですね？」

丸谷はうなずいた。

「はい」

もったいぶった様子で、プリントアウトされた紙を持ってきた。

「これです」

丸谷は、そこに書かれている名前と住所を見つめた。血が熱くなる。無言でそれをエイキチに渡す。エイキチも、しばらく紙を見つめていた。

そこには、大阪の末吉陽一の名と住所が記されていた。

くるるんは、殺された塩崎琢磨から執拗《しつよう》ないじめにあっていた末吉陽一だった。

＊

次は、川崎のプロバイダだった。

こちらは、殺人の捜査だと伝えると、比較的協力的だった。ネットが犯罪の温床であるというイメージをなんとか払拭《ふっしょく》したいと、熱心に語りだす始末だった。

丸谷は、案山子の素性が早く知りたかった。

担当者は、パソコンのキーを叩《たた》き、ようやく一人の人物の名前と住所をプリントアウトしてくれた。

案山子の氏名と住所だ。

そこには、川島肇の名前があった。

町田晴美の恋人だ。

丸谷が捜査本部に戻ったのは、夜の七時過ぎだった。すでに電話で捜索の結果を知らせていたので、捜査本部内はちょっとした騒ぎとなっていた。

次々と情報が飛び込んでくる。

「おい、川島肇についての有力な情報だ」

電話を片手に、田端課長が大声で言った。「やつは、塩崎琢磨が殺害された当日、大阪へ出張している」

捜査本部内のざわめきがひときわ大きくなった。

それから、しばらくして、大阪府警から連絡が入った。和田康治が殺害された日、末吉陽一は学校を休み、東京行きの新幹線に乗っていたことが確認されたのだ。

大阪府警は、末吉陽一の逮捕状を請求した。もちろん、東京の捜査本部も川島肇の逮捕状を請求している。

その夜のうちに、川島肇の身柄は確保された。そして、大阪府警も末吉陽一の身柄を確保したことを知らせてきた。

逮捕された川島肇は、別人のように怯《おび》え、憔悴《しょうすい》していた。それをちらりと見た丸谷は、落ちるまで、それほど時間はかからないと読んだ。

丸谷とエイキチも、川島肇の取り調べに立ち会った。取り調べを担当したのは、予備班の元沢係長だ。

川島肇は、白《しら》を切ろうとしていたが、丸谷の読みどおりそれは長くは続かなかった。元沢係長が事実を並べていくうちに、川島の顔色は悪くなり、やがて、涙と鼻水をどっと流した。落ちた瞬間だった。丸谷はそれを何度も経験している。容疑者は、自白を始める瞬間、しばしば鼻水を垂れ流す。

「晴美を苦しめるあいつが許せなかった」

川島肇は語りはじめた「ストーカーにあう女性の気持ちがわかりますか、刑事さん。日に日に晴美は、おかしくなっていった。神経過敏になり、ノイローゼになった。俺は、晴美をそんなめにあわせているやつが許せなかった」

川島が自白したとの報告を受けると、田端課長は、すぐにそのことを大阪府警に電話で知らせた。

その一時間後、末吉陽一も落ちたとの知らせが大阪府警から返ってきた。

捜査本部は、高揚と安堵《あんど》に包まれた。独特の達成感。丸谷は、エイキチの肩をぽんと叩いていた。

エイキチは、顔を紅潮させて言った。

「こんな気分は刑事になって初めてですよ」

「本格的な捜査本部《チヨウバ》は初めてだったな」

丸谷は言った。

「はい」

「刑事はつらい仕事だ。だが、この気分を味わうと辞められなくなる」

「みたいですね」

「今回はあんたにいろいろと助けられた」

「いえ、僕のほうこそ勉強になりました」

エィキチは本庁に戻り、丸谷は通常の目黒署の勤務に戻る。

「いい刑事になってくれ」

丸谷はエィキチに言った。

大阪府警から、詳しい報告書がファックスで届いたのは、その日の夜のことだった。それにより、事件の概要が明らかになった。

ほとんどエィキチと丸谷が読んだとおりだった。

末吉陽一は、執拗《しつよう》ないじめにあい、とことん追いつめられていた。自殺しようと思っていたらしい。

「殺人ライセンス」のことは以前から知っていたが、それを実際の殺人と結びつけて考えるようになったのは、犯行の一ヶ月ほど前のことだという。

きっかけは、川島肇とのメールのやりとりだった。二人は直接会ったことはない。だが、以前からネット上では知り合いだった。川島肇は、恋人がストーカー被害にあっていて、そのストーカーを殺してやりたいとメールに書いていた。

末吉陽一は「殺人ライセンス」というちょっと異常なゲームのことを思い出し、計画を練りはじめた。そして、電子メールではなく、手紙で川島肇に交換殺人を持ちかけた。川島が乗ってこなければ、笑い話で終わらせるつもりだったという。

川島は興味を示した。それから、末吉陽一は、「殺人ライセンス」を利用する計画を綿密に練り、川島肇と計三回、手紙のやりとりをした。直接会うことは避けた。

お互い、顔を知らないほうがいいと考えたのだ。川島肇もそれに同意した。

そして、まず、末吉陽一が上京して和田康治を訪ねた。町田晴美の使いだと言ったら、和田康治は、簡単に部屋のドアを開けた。それからは、無我夢中だったと供述している。

凶器は、スーパーマーケットで買った包丁だった。捜査を混乱させるために、和田康治の自宅から包丁を持ち出し、凶器や血の付いた服といっしょに宅配便で、川島肇の自宅に送った。それを始末するのは川島の役目だった。

一方、川島肇も、出張を利用して大阪に行き、深夜の公園で塩崎琢磨を待ち受けた。

そして、和田康治を刺したのと同一の包丁で刺し殺した。

今度は、凶器と血の付いた衣類を末吉陽一が始末した。

二人とも、衣類は家庭ゴミの中に紛れ込ませて捨てたと言っている。凶器は、淀川《よどがわ》に捨てたと末吉陽一は供述した。

大阪の捜査員は、寒い中、淀川を漁《あさ》らなければならないはめになった。

やがて、凶器が発見された。事件の全容が解明されたのだ。

25

相沢の自宅に、キュウと高田祥子がやってきていた。

麻理は、いつもより明るく振る舞っているように見える。珍しく、茶や菓子を出す妻の容子を手伝っている。相沢は、麻理が少しずつ変わりつつあるのを感じ取っていた。

キュウの隣に高田祥子が座っている。

おや、と相沢は思った。キュウは妙に照れくさそうだ。祥子は、キュウの茶を代わりに受け取ったり、さりげなく面倒を見ている。

「さて……」

キュウが言った。「相沢のお父さんといっしょに調べた結果を発表する」

相沢が付け加えた。

「私が受けた初めての依頼だ」

キュウはうなずいた。

「深夜、放送終了後のテレビからどうして人の声がしたか。その理由を突き止めてほしいというのが依頼の内容でしたね」

「声の正体を突き止めたの？」

　祥子がキュウに尋ねた。

「そう思う」

「本当？」

　キュウは、祥子と麻理を交互に見て尋ねた。

「二人がその声を聞いた日付を覚えているか？」

　麻理と祥子が顔を見合わせた。

「ずいぶん前のことだから……」

　祥子は眉《まゆ》を曇らせたが、麻理は、はっと思い出したように言った。

「十一月十八日。そう。間違いない」

　キュウはうなずいた。

「その日はちょっと特別なことがあって話題になっていた」

　麻理が言った。

「そう。それで覚えてたんだ」

　キュウが麻理に尋ねた。

「それは何だった？」

「獅子《しし》座流星群」

「それだよ」

キュウは言った。「テレビからの声の原因は、その獅子座流星群だったんだ」

祥子がすっとんきょうな声を上げた。

「なんでえ……？　あれ、流星の声だったとでも言うの？」

「そうじゃない。テレビから聞こえてきたのは、無線か海外の放送の声だ」

「無線か海外の放送……」

「そう。普通じゃ届かないような電波が、テレビのアンテナに届いてしまった。それでテレビから声が聞こえてきたんだ」

「どうして？」

麻理が興味津々という顔でキュウに尋ねた。

へえ、麻理もこういう顔をするんだな。

相沢は妙なことに感心していた。

キュウがこたえた。

「地上では、電波は波長によって伝わりかたが違う。地球の大気圏には電離層というものがあって、電波の伝わりかたに大きく関わっている。電離層には、下からD層、E層、F層とあって、波長の長い電波ほど下の層ではね返される。だから、波長の長い電波は遠くまで届く。だけど、テレビなんかはものすごく短い波長の電波を使っているから、すべての電離層を突き抜けてしまう。だから、テレビの電波は直接見通せるところでないと届かない。テレビでは海外の放送などは受信できないけど、比較的長い波長の電波を使っているラジオは、夜中に海外の放送が聞こえたりする。それは電離層による反射のせいなんだ。ここまではわかるか?」

麻理と祥子はうなずく。

「普通は電離層を突き抜けてしまうような波長の短い電波をはね返す電離層が、時たま現れる。それをスポラディックE層という。無線関係者は、Eスポなんて呼んでいる。このスポラディックE層が出ると、普段届かないところまで電波が届くんで、アマチュア無線家などには歓迎されている。さて、スポラディックE層が出現するには、いろいろな条件があるんだけど、流星群なんかもその一つなんだ。つまり、獅子座流星群が観測された日、スポラディックE層ができていたと考えられる。そして、そいつに、普段は反射しない電波が反射して、テレビに飛び込んできたというわけだ」

「じゃあ……」

祥子が言った。「あたしたちが聞いた声って、霊界からの声でも何でもなくて、海外の放送か、何かの無線の声だったってこと」

キュウは、自信に満ちた態度でうなずいた。

「そう。日付から考えて、まず間違いない」

「そんなら、なんで、ネットゲームと結びついたりしたの?」

麻理が尋ねた。キュウは相沢の顔を見た。

相沢が説明した。

「実際の殺人を計画した者がいた。その犯人が、それを利用しようとしたんだ」

「みんなだまされていたってわけ」

麻理が相沢に尋ねた。

「そういうことだ」

短い会話だが、久しぶりに自然に話をできた気がした。相沢はそれがうれしかった。

玄関でチャイムが鳴った。応対に出た妻が、相沢に言った。

「丸谷さんですよ」

相沢は、玄関に向かった。

むっつりとした顔で丸谷が立っている。

相沢は、近づくと言った。

「顔色がよくなったな」

「チョウバが明けたんでな」

「疲れたろう」

丸谷は、肩を小さくすくめた。

「仕事だからな」

「俺のほうも、最初の依頼を今日終えたところだ。例のテレビからの声の正体がわかったんだ。海外の放送か無線の声だったんだ」

丸谷は一瞬興味ありげな顔をしたが、詳しく尋ねようとはしなかった。

「とにかく、今回はいろいろと世話になった。それを言っておきたいと思ってな」

相沢はうなずいた。

「キュウ君にもそう言ってやってくれ」

「ああ」

相沢はキュウを呼んだ。

丸谷は、やってきたキュウに、同じことを繰り返した。キュウは戸惑った様子で、小さく会釈した。

「じゃあ……」

丸谷が去って行こうとした。

「ちょっと寄っていかないか？　娘の友達が来ているところだ」

丸谷は顔をしかめた。

「俺に子供の相手をしろっていうのか？　捜査本部で若いののお守りをしてたんだ。勘弁しろよ」

相沢は笑った。

「じゃあ、また大人同士でゆっくりやろう」

「ああ、またな」

丸谷は出ていき、玄関のドアが閉まった。

キュウがリビングルームに戻ろうとした。相沢はキュウを呼び止めた。

祥子とのことを、ちょっと訊《き》いてみたくなった。

キュウは振り返った。

「なんです？」

その顔を見て、相沢は考えなおした。

「いや、今後ともパソコンの手ほどきをよろしく、と言おうと思ってな」

「ええ、いいですよ」

キュウはリビングルームに戻っていった。

若い者と付き合おうと思ったら、野暮《やぼ》は言いっこなしだよな。

その後ろ姿を見て、相沢はそう思っていた。

解説

西上《にしがみ》心太《しんた》

今野敏《こんのびん》は二〇一八年に作家デビュー四十周年を迎えた。各社の小説誌やPR誌でそれを祝した「出版社横断小説誌ジャック」なる企画が実現し、対談やインタビューなど盛りだくさんの内容を楽しむことができた。記念の年といっても常に変わらず新作はコンスタントに発表され、二〇一九年二月刊の『スクエア　横浜みなとみらい署暴対係』（徳間書店）で、ついに著作数が二百冊に達した。二年続いてめでたい年になったのである。初めての著作となる『ジャズ水滸伝《すいこでん》』（『奏者水滸伝　阿羅漢《あらかん》集結』に改題、講談社文庫）が刊行されたのが一九八二年だから、年平均五作を書き続けてきたことになる。

八〇年代は「新書《ノベルス》戦争」と呼ばれた出版社間の競争があった。カッパ・ノベルス（光文社）、ノン・ノベル（祥伝社）、双葉ノベルス（双葉社）などの既存勢力に、カドカワノベルズ（KADOKAWA）、講談社ノベルス（講談社）があいついで参入し、書下ろしのエンターテインメント作品に対する需要が高まった。各社は毎月の刊行点数を確保するために、ベテラン、新鋭を問わず、多くの作家を必要としたのだ。

この時流に助けられたおかげで作家を続けることができたと、今野敏自身もあちこちで語っている。しかし締切を守り、一定以上の水準に達していなければならないのが前提である。今野敏は版元の期待を裏切ることなく、伝奇アクション、格闘技もの、そして警察小説など多彩なジャンルにわたった作品を書き続けてきた。二〇〇八年の『隠蔽《いんぺい》捜査』（新潮文庫）以降の大ブレイクにより、今野敏の旧作が次々と新装版として文庫化された。発表から時間が経った作品であるが、新鮮さを失っておらず、どれもわくわくする面白さに満ちた作品であった。その事実に驚いた読者も多いのではなかったか。今野敏とは、デビュー以来、質量ともに傑出した作家であり、これからもそれを続けて行く作家なのだ。

コンピュータ好きの高校二年生・永友久（愛称・キュウ）は、ネット上で偶然に「殺人ライセンス」というオンラインゲームを発見する。ターゲットへの接近方法、凶器、犯行時刻などを選択していくゲームだった。殺害対象はストーカーの男性公務員という設定で、キュウはゲームに取りかかるがすぐにゲームオーバーになってしまった。同じころ、キュウの同級生の高田祥子と相沢麻理は、放送終了したテレビから怪しい声が流れるのを聞き恐怖を覚える。

数日後、目黒区で起きた殺人事件のニュースを見てキュウは驚いた。殺された男性の年齢、住環境、名前などが「殺人ライセンス」で設定されていた被害者の条件とそっくりだったのだ。こうしてキュウは、すぐにネット上から消えた「殺人ライセンス」と、麻理に依頼された怪現象の情報を、ネットを駆使して集め始める。

一方、相沢麻理の父・優一は長年勤めた会社をリストラされていた。優一は退職後に私立探偵を養成するセミナーに半年間通っていた。卒業後にフリーの探偵になることを決意した優一はアドバイスを受けるため、高校時代の友人の丸谷直也に連絡を取った。丸谷は警察官で、目黒署管内で起きた殺人事件の捜査本部に加わっていた。キュウが「殺人ライセンス」と結びつけた事件である。

キュウはネットで結ばれた情報網から、再び「殺人ライセンス」が姿を現したことを知る。今度の殺害対象は大阪に住むいじめの首謀者である十五歳の少年だった。ゲームオーバー、ゲームの消失という同じ出来事の後に、またもゲームの被害者に該当する第二の殺人が起きる……。

一九九〇年代はパソコン通信の全盛期だった。しかしインターネットが登場し、高速データ通信が整備され出すと、徐々にパソコン通信は廃《すた》れて、インターネットにユーザーは流れていった。本書の執筆時期はちょうどそんな時期に当たる。キュウもケーブルテレビ経由で、定額制で常時接続という現代では当たり前の通信環境を享受しているのだ。

キュウはあちこちの掲示板（現在ならTwitterやFacebookなどのソーシャル・ネットワーキング・サービスになるだろう）で情報収集に励む。だが別々の場所に書き込んだのにもかかわらず、いつのまにか「殺人ライセンス」という剣呑なゲームと、テレビからの声という怪現象が結びつけられ、都市伝説のように流布されていく。こうなると収拾をつけることが不可能なことになる。これもまた、フェイクニュースやヘイトスピーチが垂れ流される現在と似た状況といえるだろう。

本書の初刊は二〇〇二年だが、このように二十年近く前から、今野敏はネットの利便性と危険性をテーマの一つとしてとらえていたのだ。そして、それを利用して犯行を企てた犯罪者をあぶり出すのが、本書最大の読みどころなのである。

本書の魅力は数多いが、まず第一点は人間関係の結びつきの妙があげられる。パソコンオタクのキュウが同級生の相沢麻理を介在して、私立探偵を目指す父親の相沢優一と出会い、さらに優一の関係で、殺人事件の捜査に携わる丸谷刑事と結びつく。この関係によって、直接的な関係がない素人と捜査中の事件との接点ができ、キュウの情報が捜査本部に届く。この一連の構成は実に巧みで感心した。

余談だが購入したパソコンの設定に悩む優一の姿にはニヤリとする。確かにこの時代は使えるようにするまでのハードルが高かったものだ（とはいえ、Windows 登場以前の MS‐DOS 時代に比べれば楽なものだったが）。

貴重な情報を得たものの、ネットが介在したハイテク犯罪の可能性に、不慣れな捜査関係者は浮き足立つ。だが「ネットの世界でうまく痕跡《こんせき》を消したつもりでも、実社会ではおどろくほど無防備だったりするんです」という丸谷の叩《たた》き上げの刑事らしい考えが捜査を前進させる。しかしここからも二段構え、三段構えの謎が待ち構えているのだ。ようやく真相がわかった時には、「そうかその手であったのか！」と思わず声をあげてしまった。国内外を問わず、あまたの名作に使われているトリックであっても、見せ方次第ですれっからしのミステリー読者をも驚かすことができるのだ。このミステリーとしての構成の妙が第二点。今野敏は本格ミステリーも書けるのではないか。いや、本書を本格ミステリーと読んでもいいかもしれない。

第三点は、子供から大人へと脱皮する少年・少女たちの成長小説であり、家族小説でもあることだ。相沢麻理は父親の優一を生理的に嫌悪している。優一も思春期特有のことと理解はしているが寂しさは隠せない。麻理は父親がリビングにいるとすぐに自室に閉じこもる。子供部屋にはテレビやパソコンもあり、携帯電話で友人と容易に連絡が取れる。かつて一家に一台しかなかったテレビのチャンネル争いも、「家族の中の折衝が社会性を育てる第一歩」であり、家族とは「子供が社会に触れるためのトレーニング」の場でもあったのではないかと優一は述懐する。

麻理と仲のよい祥子は逆に怪異現象を体験して以来、一人でいるのが怖くなりリビングで家族と過ごすようになる。ナイターを見る父親とのチャンネル争いも経験し、懐かしい思い出がよみがえり、やがて母の手伝いや料理の習得まで考えるようになる。すると何も取り柄がないと思いこみ、美人の麻理に依存していた自分を見つめ直すきっかけを得るのだ。そしてむやみに父親を毛嫌いする麻理を、これまでと違う目で見るまでになっていく。成長が顕著にうかがえるのは祥子だけではない。キュウもネットだけではない現実の――それも大人との関係を結び始めるし、麻理もまた思春期ゆえの不安定な自分を変えていこうと試みる。

そう今野敏には少年を主人公にした『慎治』（中公文庫）という見事な青春サスペンスがあるではないか。少年、少女を描いても今野敏はうまいのだ。

本書は初刊行から十七年。インターネット周辺の状況こそ古くなっているが、ミステリーとしての見事さ、家族小説としてのすばらしさはまったく古びておらず、普遍性を保っている。

今野敏作品は二百冊あるし、シリーズものが目立つので、ともすればノンシリーズ作品は埋没しがちになる。だが本書はさまざまな魅力を有した作品なのである。決して見逃しなきよう。

本書は、実業之日本社文庫（二〇一四年二月刊）を底本としました。

（単行本版二〇〇二年五月・メディアファクトリー刊／新書版二〇〇八年二月・有楽出版社「ジョイ・ノベルス」刊）

本作品は、フィクションであり、実在する人物・団体・サイトとは、一切関係ありません。

殺《さつ》人《じん》ライセンス

今《こん》野《の》 敏《びん》

平成31年 4月25日　初版発行

発行者●郡司 聡

発行●株式会社KADOKAWA
〒102-8177　東京都千代田区富士見2-13-3
電話　0570-002-301（ナビダイヤル）

角川文庫 21567

印刷所●株式会社暁印刷
製本所●株式会社ビルディング・ブックセンター

表紙画●和田三造

ISBN 978-4-04-108175-4　C0193

◇◇◇

角川文庫発刊に際して

角川源義

第二次世界大戦の敗北は、軍事力の敗北であった以上に、私たちの若い文化力の敗退であった。私たちの文化が戦争に対して如何に無力であり、単なるあだ花に過ぎなかったかを、私たちは身を以て体験し痛感した。西洋近代文化の摂取にとって、明治以後八十年の歳月は決して短かすぎたとは言えない。にもかかわらず、近代文化の伝統を確立し、自由な批判と柔軟な良識に富む文化層として自らを形成することに私たちは失敗して来た。そしてこれは、各層への文化の普及滲透を任務とする出版人の責任でもあった。

一九四五年以来、私たちは再び振出しに戻り、第一歩から踏み出すことを余儀なくされた。これは大きな不幸ではあるが、反面、これまでの混沌・未熟・歪曲の中にあった我が国の文化に秩序と確たる基礎を齎らすためには絶好の機会でもある。角川書店は、このような祖国の文化的危機にあたり、微力をも顧みず再建の礎石たるべき抱負と決意とをもって出発したが、ここに創立以来の念願を果すべく角川文庫を発刊する。これまで刊行されたあらゆる全集叢書文庫類の長所と短所とを検討し、古今東西の不朽の典籍を、良心的編集のもとに、廉価に、そして書架にふさわしい美本として、多くのひとびとに提供しようとする。しかし私たちは徒らに百科全書的な知識のジレッタントを作ることを目的とせず、あくまで祖国の文化に秩序と再建への道を示し、この文庫を角川書店の栄ある事業として、今後永久に継続発展せしめ、学芸と教養との殿堂として大成せんことを期したい。多くの読書子の愛情ある忠言と支持とによって、この希望と抱負とを完遂せしめられんことを願う。

一九四九年五月三日

角川文庫ベストセラー

生贄のマチ　特殊捜査班カルテット　　大沢在昌

家族を何者かに惨殺された過去を持つタケルは、クチナワと名乗る車椅子の警視正からある極秘のチームに誘われ、組織の謀略渦巻くイベントに潜入する。孤独な潜入捜査班の葛藤と成長を描く、エンタメ巨編！

解放者　特殊捜査班カルテット2　　大沢在昌

特殊捜査班が訪れた薬物依存症患者更生施設が、何者かに襲撃された。一方、警視正クチナワは若者を集めたゲリライベント「解放区」と、破壊工作を繰り返す一団に目をつける。捜査のうちに見えてきた黒幕とは？

十字架の王女　特殊捜査班カルテット3　　大沢在昌

国際的組織を率いる藤堂と、暴力組織〝本社〟の銃撃戦に巻きこまれ、消息を絶ったカスミ。助からなかったのか、父の下で犯罪者として生きると決めたのか。行方を追う捜査班は、ある議定書の存在に行き着く。

標的はひとり　新装版　　大沢在昌

かつて極秘機関に所属し、国家の指令で標的を消していた男、加瀬。心に傷を抱え組織を離脱した加瀬に来た〝最後〟の依頼は、一級のテロリスト・成毛を殺す事だった。緊張感溢れるハードボイルド・サスペンス。

眠たい奴ら　新装版　　大沢在昌

破門寸前の経済やくざ高見は逃げ込んだ温泉街で警察嫌いの刑事月岡と出会う。同じ女に惚れた2人は、政治家、観光業者を巻き込む巨大宗教団体の跡目争いの渦中へ……はぐれ者コンビによる一気読みサスペンス。